YOUNG AGE小說鮮視界！

YA!

青春滿點！活力滿載！好看滿分！

都市冒險王

進攻！終極RPG

勇嶺薰◎著
西炯子◎圖
李慧珍◎譯

都会のトム&ソーヤ

5 下

目錄

前情提要……004
第二部　遊戲開始……008
06……008
07……016
08……028
09……045
10……053
11……065
12……083
13……097

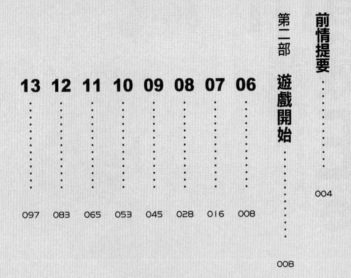

第三部 遊戲後整頓……105

01……106

02……121

03……132

04……142

05……156

06……165

番外章之二 都市冒險王（成人版）……179

ENDING……193

番外章之番外章 女神算……199

後記……215

點心時間……218

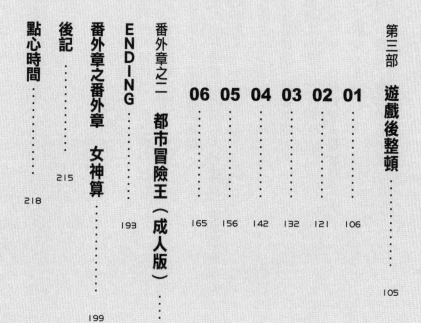

前情提要

「『終極ＲＰＧ——ＩＮ塀戶』完成！」

手中掌握此情報的內人與創也，前往塀戶村。

總共有十一名男女聚集在塀戶村。

響徹雲霄的爆炸聲響起，宣告遊戲開始。

飛碟墜落，外星人的意識體四處飄泊，尋找可以寄生的地球人。

「不曉得會發生什麼事。」

——誠如神宮寺所說。

內人和創也隱身在農具棚，卻慘遭縱火。

外星人展現控制重力的超高度文明。

「這真的是遊戲世界嗎？莫非外星人確實存在？」

疑問在兩人心中不斷擴大。

此刻，兩人在洞穴中發現了飛碟製造工廠……

——《都市冒險王⑤終極RPG!IN堺戶》下集，正式展開。

請一定一定要讀到最後。

人物介紹

龍王創也

內人的同班同學，成績十分優秀，號稱學校創校以來的第一個天才！身為龍王集團繼承人的他長相俊秀，戴著酒紅色鏡框的眼鏡，給人一種知性的感覺，但個性極度冷淡，在班上總是獨來獨往，是名副其實的獨行俠。

內藤內人

腦袋裡常轉著許多奇怪想法的平凡中學生。他擁有2.0的絕佳視力，但在課業上卻糟糕到不行，因為有個要求超級嚴格的媽媽，只好每天到補習班報到。一次偶然的機會，居然看見在大街上平空消失的創也，也成為兩人熟識的契機。

崛越隆文

創也與內人同班同學崛越美晴的父親，在日本電視台從事導播的工作。

堀越美晴

內人和創也的同班同學，也是內人偷偷暗戀的對象，可是美晴喜歡的似乎是創也。

神宮寺直人

外表瀟灑倜儻，是栗井榮太集團的一員。

二階堂卓也

龍王創也的保鑣，身穿黑色的西裝，開著一輛黑色的休旅車，是個做事風格很神祕的年輕男子。

鷲尾麗亞

是栗井榮太集團的一員，現實中則是一名小有名氣的美豔女冒險作家。

柳川博行

參與尋找「咆哮口紅」遊戲的參賽者，目前身分是美術大學的學生，擅長料理。

茱莉亞

天才電腦神童，是朱利爾的另外一個分身，也是栗井榮太集團的一員。

朱利爾·華納

天才電腦神童，希望挑戰創也和內人，製作出最厲害的終極ＲＰＧ。

06

「你應該知道『飛碟』的字源？」

以前創也好像曾經跟我說過，不過一般人怎麼可能知道那麼多，我懶得跟他解釋，只是一逕地搔頭。

創也大感訝異，開始詳細說明：

「一九四七年六月二十四日，肯尼斯阿諾德駕駛自用飛機飛行時，目擊九個不明飛行物體，形狀跟『閃閃發亮的咖啡盤』一樣，所以稱作『飛碟』。」

啊啊，好像在哪裡有讀過，不過詳細日期及人名當然不可能牢牢記住。

「不過，其中卻出現了錯誤。阿諾德並沒有說『看見盤狀飛行體』；他說的是：『其飛行方式，宛若將咖啡碟自水面上拋過對岸一樣。』換句話說，所謂的『飛碟』，並非指他所見物體的形狀，而是飛行方式。」

「……」

「他從頭到尾都沒說看到『圓盤』，可是，媒體卻錯誤報導成：『看見圓盤狀飛行物體。』當時在美國造成相當大的騷動，一時之間，此類的目擊報告猶如雨後春筍般出現。」

「……」

「直到現在，幽浮＝飛碟的印象在人們心中仍然根深柢固。因此，就算在天空中看到的不是圓盤，先入為主的觀念，仍容易讓人產生圓盤的錯覺。」

「……」

「典型的幽浮真是圓盤形嗎？這點十分值得懷疑。」

「喔——」

我附和，企圖結束這個話題，創也仍一副意猶未盡的模樣。

——對了，為什麼現在我會想起創也說過的廢話呢？

那是因為，此刻我從岩縫中所見到的東西，就是一個個「圓盤」。

如同兩個咖啡盤貼在一起的形狀，上半部是銀色，下半部為黑色，沒有尾翼。

叫小學生「試著畫畫飛碟」的話，一百人中有九十九人會畫的那種圓盤。

「……創也，你有沒有看到？」

「嗯。」

「是真的嗎？」

「……怎麼可能是真的。」

創也停了一下才回答。

「說得也是。」

我輕鬆地說。

周遭的氣氛變得和緩。

因創也的一句話而破壞殆盡，

「然而，那個圓盤如何進到岩石中來製造？」

「……」

「不管栗井榮太撒多少錢，總會有辦不到的事情。」

科學能力花錢也買不到。

那麼，眼前的真是飛碟……？

「慘了！」

「放在冰箱的布丁，今天到期！」

創也拍拍我的肩。

「我了解你想逃避現實的心情，但是，要逃到何時？」

「……創也，你告訴我，這是事實嗎？此刻所見真是現實嗎？到底是遊戲，抑或真實世界？」

「可以確定的只有一樣，這是真人版角色扮演遊戲——栗井榮太創造的世界。」

「……」

創也轉身背對我，走向來時路。

我點亮火把，匆忙跟上。

「遊戲世界？現實世界？——想這些有啥用？最重要的，冷靜對待眼前所發生的一切。」
創也喃喃自語。
我們回到岔路。
此時，一陣細微的聲音傳進我耳裡。
出現「喀、喀」的腳步聲，似乎有人朝我們走來。
我熄滅火把，因為在黑暗中手持火把，彷彿是跟對方說：來找我啊。
站在原地，豎起耳朵。
腳步聲……聽不見了。
「你是不是太緊張了？」
創也說。
也許他說得對，可是，剛才我的確聽到腳步聲。
「我也聽到了，但搞不好只是我們的回音。」
創也悠哉地說。
「……」
我又重新點燃火把，往剛才沒走的右邊道路前進。
雖然沒聽到聲音，但總覺得背癢癢的，很不舒服的感覺。
過了一會兒旋即走到盡頭，跟之前一樣。

我熄滅火把，等到眼睛適應黑暗後，才左右觀察。
發現有亮光自岩縫中透出。
眼睛對準岩縫往裡瞧。
「……」
我無法將眼神從縫隙中移開。
些微的明亮光芒，感覺像岩石本身發出光亮，而不是電燈的關係。
中央有個圓而淺的游泳池——一個不能跳水的游泳池。
綠色凝膠狀的東西佈滿整個泳池。
泳池邊還有各式各樣粗細不同的電線，簡直像糾結不清的毛細管。
「看到什麼？」
我不發一語指著岩縫。
創也看了一眼，立刻問我：
「……那個又是啥？」
對於無法回答的問題，沉默是最佳選擇。
我們靠著岩石，各自找縫隙觀察眼前的情形。
這時，泳池底部有光芒產生，凝膠狀的東西閃閃發亮。
……什麼？

池面掀起微微的波動，波動逐漸變大，不久，數根手臂般大小的東西浮出池面。

「……」

我們都無法言語。

到底會發生什麼事？

池面浮起之物，漸漸串連在一起，變得更是巨大。

「……」

一個黏答答類似人偶狀的東西不停抖動，似乎要從泳池爬出來。

「這……這，這個……」

講話結巴，少了平常應有的流利。

「這是不是外星人在培養他們的同伴啊？」

「……」

創也沒作聲。

對於無法回答的問題，沉默是最佳選擇。

飛碟的製造工廠、外星人培養場——這一路看見的情景，給了我們極大的衝擊。

「啊啊，我忘記了！」

我雙手互打站起來。

「租來的ＤＶＤ忘記還……今天到期。」

創也這次沒說「別逃避現實」。

溫柔地拍拍我。

「那真是太糟糕了，逾期費很高喔。」他同情地說。

有錢人家出身的創也，竟然知道逾期租借費用高昂，有點小窩心。

「那我們趕緊把『終極ＲＰＧ——ＩＮ塀戶』破關，回到我們居住的城市。」

「也好。」

我們相互搭肩，踏上原來的道路。

幸好沒遇到奇怪腳步聲的主人。

07

我們走出裂縫，重回懸崖邊。

找個樹蔭坐下來。

好累，精神疲勞更甚於肉體。

「喂……」

我靠著樹問創也：

「腦中一片混亂，來到山上，我的行動力優於思考力，導致無法好好整理思緒——所以，思考的事還是交給創也來做。」

我面向創也伸出一根手指頭。

「我最想知道一點，外星人真的存在嗎？」

「……」

創也沒有回答。過一陣子，他才輕聲說：

「以現今的地球科學來說，想在岩壁中做出那種飛碟，根本完全不可能。所以，外星人是確實存在。不，等等……」

創也抬頭。

「昨晚飛碟墜落之後，外星人立刻做出新的來，可能嗎？那麼短的時間內……」

「……」

「不管外星人有多強的超能力也辦不到。」

「等一下，創也，既非地球人，又非外星人，那剛才看到的飛碟，是誰做的？」

我問。

這問題問得真棒。

「你的問題很好，地球人有文明上的缺陷，外星人有時間上的不足。這麼說來，根本沒有人製造飛碟——太白痴了！」

說到此，創也合不攏嘴。

然後，

「外星人只有一個嗎……？」

創也自說自話。

「喂，停一下。」

我阻止創也繼續往下想。

「有件事要先講清楚。」

「耶？」

創也楞住，我說：

「外星人用『一個人』來數，正確嗎？」
「什麼？」
「因為『一個人、兩個人』是地球人的數法，外星人直接這樣數可以嗎——？」
「……」
創也死命地盯著我，表情突然一變，溫柔地笑著說：
「內人，給你出個考題，仔細想想再回答。」
伸出一根指頭。
「五斗櫃的單位量詞是啥？」
啥咪？五斗櫃的量詞？
一個……兩個……不對，不是那樣。我記得奶奶有教過。嗯，是什麼哩……
不理會沉思中的我，創也喃喃自語：
「栗井榮太的檔案中，有塀戶村的略史，裡面含有塀戶村的龍神傳說。」
五斗櫃是一箱、兩箱——錯。不是箱。
「龍神傳說……從前人不曉得飛機長怎樣，一看見閃閃發亮的飛碟……可能會認為龍神在天空飛。——也就是說，以前飛碟就來過這裡。」
一碗、兩碗……嗯，不合不合。
「而昨晚飛碟又再度到來。飛碟兩度造訪同一個村落，這當中一定有理由。什麼理由呢？」

好像跟魚有關係，一條、兩條……怪怪的，根本不對。

「對喔！第一次來的飛碟掉在村裡，所以昨晚又來一架飛碟前來相助——事情兜起來了！」

一尾、兩尾……喔，就是這個！殘存的記憶告訴我：「賓果！」

「我知道啦！」

我們一齊叫喊。

「外星人有兩個！」

「五斗櫃的量詞是『尾』！」

我們一起大叫，同時間沉默下來。

創也早我一步開口。

「你剛說什麼？」

「我想到五斗櫃的量詞。『一尾、兩尾』，對不對？」

創也用力噘起嘴巴：「噗噗！」

耶——！

創也憐憫地看著失望的我。

「五斗櫃量詞是『一棹、兩棹』。這是因為古時候以竹竿來搬運五斗櫃。」

啊啊，對啦！我就記得跟魚有關，只差一點……

振作起來後，我問創也：

「創也你知道什麼？」

「我們都搞錯。外星人其實有兩個。」

雖然心裡很在意，創也用「兩個人」來形容外星人，不過無妨，現在不是爭論這些的時候。

「一件一件來思考。昨晚掉落的飛碟，來地球有何目的？」

太簡單了。我注意著自己的發音說：

「觀光！」

創也握緊拳頭。我保護自己的頭部，以防被揍。

深呼吸一口氣，創也接著說：

「昨夜到訪的外星人——先暫且假設他叫『紐』。」

「神宮寺已經給他取名為『巴歐』。」

「你不認為叫『紐』比較帥氣？」

關於創也取名的品味，還是別深入追究。

「紐專程來解救很久之前造訪塀戶村的外星人。」

「你怎麼知道？」

「村裡流傳的龍神傳說，是村民看見空中的飛碟所編造而成。」

「……」

「先來塀戶村的外星人——假設叫『歐魯德』。」

關於創也的品味（以下從略）。

「歐魯德的飛碟也恰好墜落在塀戶村。這地方的地磁氣好像有破壞飛碟儀器的設定。」

創也說得忘我。

「歐魯德為了回去自己的星球，經年累月重新打造飛碟。那就是我們剛才看到的飛碟工廠。」

「問題！」

我舉手。

「從以前一直待在塀戶村的外星人——叫什麼來著？」

「歐魯德。」

創也一臉厭惡，我以手安撫他的情緒。

「歐魯德能長生不老嗎？龍神傳說很久很久之前就有了。來地球已經那麼長的時間，竟然還沒死不是很奇怪。」

「歐魯德寄生的村民若壽終正寢，就寄生到下一位村民。

——他靠這種方法活到現在，不讓任何人知道他的真實身分。」

「下個問題！X是紐還是歐魯德？」

「……」

創也不作聲。

創也不服輸的個性，要他說「不知道」，比登天還難。

我換個方式問。

「X對我們下毒手的用意何在？」

「對外星人而言，殺個地球人沒什麼大不了。道理跟我們走路時，不小心踩死螞蟻一樣。」

我腦海裡「外星人的印象盒」中，ET❶和拉姆❷頓時消失，取而代之的是異形、終極戰士及突變第三型等電影裡外星人噁心又可怕的形象。

「即使皆為地球人，只因文化語言習慣的不同而產生隔閡，於是互相憎恨、甚至殘殺。所以我實在想像不到，外星人究竟打什麼鬼主意。」

創也搖頭時，

「看來不需要給你們提示。」

神宮寺的聲音響起。

本人從旁邊的樹蔭下走出來。

「真了不起。到現在為止，『終極RPG——IN塀戶』的故事都有掌握住。」

神宮寺咧嘴一笑。

創也左手指抵住右手掌心。暫停。

「我們進去裂縫時，你跟在後面嗎？」

「沒有。我一直在這裡等你們出來。」

聽完神宮寺的回答，我和創也面面相覷。

他沒說謊。身為遊戲王，若說謊的話，「終極ＲＰＧ——ＩＮ塀戶」便無法成立。

神宮寺打開手中的檔案。

「為了接下來故事的進展，必須給玩家提示，但你們兩個已經順利地往下一關前進。」

所以，剛才創也說的話都正確囉？

「其他的玩家如何呢？」

「無可奉告。想知道，自己去調查。」

神宮寺拒絕透露其他人的消息。他一頁一頁翻閱檔案，一邊說：

「今後要小心提防巴歐和涅提夫，還有被外星人寄生的玩家，希望你們安然破關。」

涅提夫……？

❶中譯片名為「外星人」。一九八二年上映的美國科幻電影，造成相當大的轟動，二十年後經過數位化又再度登上大銀幕。劇中的外星人無害的可愛模樣，以及與主角小男孩真摯的情感交流深得人心，讓「ＥＴ」一詞一度成為外星人的代名詞。

❷高橋由美子的漫畫《福星小子》裡身穿豹紋比基尼的火辣美女外星人。

「什麼東東？」

「啊啊，外星人的名字。從以前就住在村中的外星人叫『涅提夫』，昨晚才來的叫『巴歐』，你們好像稱作『歐魯德』與『紐』。」

神宮寺噗哧一笑。你們兩個的sence，只是五十步笑百步……

「一旦被外星人寄生的話，會怎樣？」

創也問。

「被巴歐以及涅提夫寄生的人類，沒辦法恢復原狀。不作任何改變將game over。想取得勝利，就要跟所有玩家成為夥伴。」

「如何成為夥伴？」

「你被寄生後我再說。」

神宮寺給我的回答。

「那麼，我想今後遊戲的進展，你們已大致了解。換你們回答我的問題。」

神宮寺闔上檔案。

「我今早去過農具棚，徹底被燒得精光。那不是你們幹的嗎？」

我和創也一起搖頭。

「不。我們是被害者。不過，你既然這麼問，代表——在餐廳偷襲我們的X，跟放火燒農具棚的並非同一個人。」

創也推推眼鏡。

「程式出錯？」

神宮寺沒有正面承認。但他嘴角上揚。

「也許吧。」

笑著說。然後，嘆了一口氣抬頭望著天空，嘴裡唸唸有詞。

「我也不知道怎麼搞的。」

「經驗不足犯下的錯誤嗎？」

對於創也的諷刺，神宮寺搖搖頭。

「程式病毒。已經模擬過無數次，去除當中的問題。然而，竟還出現這種不能預測的錯誤……」

他看著我們，眼神中帶著歉意。

創也聳聳肩。

「無論多優秀的程式，難免都會出錯。不用介意。而且，『終極ＲＰＧ——ＩＮ塀戶』很有趣。」

神宮寺笑了一下。

「嗯，請讓我問個問題。」

我羞怯地舉手。

「關於程式的病毒……有沒有可能殺人魔埋伏在村子裡？不是遊戲世界，而是現實世界……混在『終極ＲＰＧ——ＩＮ塀戶』的殺人魔，為了掩飾自己的罪行而展開行動——而他的行動卻被當成電腦臭蟲？」

突然，創也與神宮寺表情茫然，不多久兩人出現同樣的反應。

創也雙手抱胸。

「嗯。故事變成那樣，又會有不同的樂趣。」

神宮寺在手中持有的紙張，記錄下來。

「這樣也很好。去跟公主說說看，要不要加到腳本裡。」

……不行，這兩個人，腦中只有遊戲。

我想起草叢中的骷髏頭。

該不該將此事告知神宮寺呢？

但，這兩人無視於我的存在，開懷地聊著天。

「分不清現實與虛擬世界的玩家，太糟糕。」

創也點頭附和神宮寺。

「沒錯。就算遊戲品質不斷提高，玩家程度太低的話，根本無法發揮遊戲的性能。」

「只怕今後要考慮先培育玩家……」

神宮寺嘆氣說。

「真令人討厭。」
創也跟著嘆口氣。
兩個人一同盯著我。
說來說去都是我不好。
「喔，不行。竟然忘記自己遊戲王的身分，跟你們聊起來。」
神宮寺看著手錶。
「你們繼續加油。距離最後一關還很漫長，堅持到最後，千萬別大意。」
說完，神宮寺離開。
「創也，接下來怎麼辦？」
我問：
「遊戲背景算是了解。到現在為止，我們都順利破關。神宮寺叫我們注意不被外星人寄生，不過一直躲躲藏藏到遊戲結束也非好方法。」
創也微笑。不知道的人會以為那笑容是「天使的笑臉」。我嗎？當然覺得是「惡魔的笑臉」啦！
「換我們反攻了。」
被惡魔的笑容震懾住，我無法言語，只有點頭的份。

08

我們步上村中的主要道路。

晴朗無雲的天空，偶爾幾隻鳥從頭上掠過。

好一幅恬靜的風景畫。

身處這般景色，誰能想像得到之後將與外星人展開惡鬥。

「創也，要去哪？」

創也走在我跟前。

「我想見見森脇或金田先生。他們會在哪裡？」

——你的意思就是要漫無目的亂走。

疲倦頓時席捲我全身。同時肚子也開始咕咕作響。

此時太陽就在頭頂。已到午飯時間。

「創也，我餓了。」

聽到我說話，創也轉過頭來。臉上表情很是嚇人。

「又不是幼稚園小孩，稍微忍耐一下。」

「即使不是幼稚園小朋友，肚子會餓就會餓！」——我若那麼說的話，創也臉色一定更難看，也罷。

這時，沿途一家店裡傳出聲音，叫住我們。

「小朋友，進來店裡吃點心吧。」

昨天木板套窗關起來的商家。

如今玻璃拉門敞開著。

探頭一看，原來是間雜貨店。好懷念喔……

定睛一瞧，好多東西我叫不出名字。這是我出生前一個時代，所開的雜貨店。

店內一處稍微隆起的地方設有座敷。

而麗亞和朱利爾在那裡鋪上坐墊坐著。

「肚子飽了沒？」

麗亞舔著肉桂的包裝紙問。

「嗯，非常飽。」

我精力充沛地說。

「真是太好了。」

麗亞微笑。

「這間店是怎樣？」

創也問。

「塀戶村的雜貨店兼賣零嘴。龍王家的大少爺不曉得雜貨店嗎？」

麗亞雙手托腮。創也滿臉怒容。

「我知道。百科全書上看過。」

……喔。孩提時代我最常跑的雜貨店，對創也來說竟是百科全書的世界。

「我想問的是，為什麼雜貨店有開？」

「這是我個人買下的，與栗井榮太無關。」

麗亞笑著說。

「不只店鋪本身，連裡面的商品我也一併買下。所以，有喜歡吃的東西，儘管吃不要客氣。」

我將一袋紅豆麵包拿在手上。

因為沒印消費期限，到底能不能吃也不清楚。

「食物寫上消費期限始於一九九五年四月。換言之，這袋麵包已有十年以上的歷史。」

創也小聲地說。我悄悄把紅豆麵包放回原位。

「沒禮貌。」

麗亞鼓起兩頰。

創也繼續大談闊論。

「根據網站資料顯示，賞味期限是指：調理包、罐頭、速食品等等，包含製造日期在內，經過六天以上也不變質的食品，其味道與安全性可以提供保證的一段期限。相對於此，消費期限則為，便當、肉類、低溫殺菌的牛奶等等，從製造日開始約五日內，品質極易劣化的食品，其能安全食用的期限。從製造日開始五天內，觀察食品的變化，來決定使用哪種表示方法。即使過了賞味期限，食物也不會馬上壞掉，但過了消費期限的東西，不要吃比較安全。」

「這不是老舊食品。公主買了新零食，安心地吃。」

朱利爾一面吃咖哩仙貝一面說。他的頭被麗亞狠狠一敲。

「叫我姊姊！」

我雖然沒有姊姊，但像麗亞那樣的姊姊，個人不想要……

「那麼，我們先告辭。小朋友，假如肚子餓的話，可以回民宿。身為一個美食研究家，我會替你們準備美味的食物。」

「謝謝，期待妳的手藝。」

我和創也盡可能自然地回答。

心裡暗自下決定，遊戲結束前，除非必要否則絕不踏進民宿。

麗亞與朱利爾走後，我仔細端詳店內。

這家雜貨店可真名副其實，不僅有玩具及寫生簿，連文房四寶都具備。另外，我想要洗衣網，新毛巾也——

醋昆布和仙貝買不買是個人喜好。撿起垃圾桶內一個大寶特瓶。

企圖找找有沒有賣米，可惜沒有。任何一戶都種稻子，沒賣米很正常。（不過店內有米甕，用塑膠袋裝一點帶走。）

雖有手電筒，無奈卻沒有乾電池。

我不停忙裡忙外，創也卻站在玩具前發呆。手中握著一個可替換衣服娃娃的外箱。

「創也……你有那方面癖好喔？」

我戰戰兢兢地問。突然創也把娃娃拿給我看。

「內人，你對這娃娃有何看法？」

外箱上的粉紅色「美香娃娃」，字體顏色已褪色。

「有何想法……你是指這娃娃？」

創也嘆氣。

「美香娃娃是高度經濟成長期的熱賣商品，現在出到第四期，仍十分有人氣。這個箱子中裝的是未開封第一期的娃娃，大概值一百萬。」

……耶。

我細想創也話裡的含意。一百萬，說的是娃娃吧……

創也將娃娃放回玩具堆裡。

「喂，一百萬耶！」

我吼叫，創也冷靜地答：

「這是假貨。真正的美香娃娃，怎可能沉睡在這種深山裡的雜貨店。」
搞半天，原來是假的……
「創也可真博學多聞，除了遊戲以外，對娃娃也了解甚多。」
「創作遊戲需具備各式各樣的知識。」
原來如此。我腦中對創也的印象，從「喜歡巫女的電玩宅男」，進化到「不只喜歡巫女，連美少女人偶也不放過的電玩宅男」。
我拿風呂敷包裹收集來的物品。
「收集了不少東西的樣子，要用在哪裡？」
創也問。
「之後不曉得會發生什麼事，先做好萬全的準備。」
「嗯……」
創也看見我手中的衣架。
「要洗衣服嗎？」
創也歪著頭，一一解釋太麻煩。
「創也，先替我付錢。」
我說，創也拿出錢包，楞楞地盯著看。
「幹嘛，沒帶錢？」

「這間店能刷美國運通卡嗎？」

雜貨店不可能刷卡！

算了。我打開自己的零錢包，掏出兩枚伍佰圓硬幣，投進店內的手提式金庫。這樣應該夠吧。

「既然準備跟外星人對戰，應該買些更合適的東西吧？」

創也取出店頭紙箱裡的玩具槍，扣上扳機，發出嗶嗶的金屬聲。

「這，怎麼用？」

對喔，百科全書沒有刊載玩具槍的使用方法……

我手拿一盒比火柴盒還小的鋼彈。移動手槍的蓋子，將鋼彈倒進手槍。

「槍口不要向下，因為鋼彈會跑出來。」

基本的注意事項。

「了解！」

創也開心地回應。

我找到一塊紙包著的口香糖。

「創也，請你吃一個。」

我說。

「……沒過期吧？」

創也一臉狐疑。

我立刻拆開外包裝，塞進創也口中，自己也吃一個。

「……」

創也惡狠狠地瞪著我，一面嚼口香糖。

不管他，逕自吹一個泡泡。

「吹得好。」

創也說。

「莫非，你……不會吹泡泡？」

「……」

創也答不出來。

「會不會？」

「會不會吹泡泡，跟我的人格毫不相干。」

被逼急了只好隨口胡謅，蒙混過去。

這小子擺明不會。

接著在店內角落找到一箱可樂瓶。

可樂瓶並非一般常見的旋轉塑膠蓋，而是跟啤酒一樣的王冠金屬蓋。

「喂，創也，有可樂，過來喝。」

「……能喝嗎？」

「瓶蓋還緊緊蓋著，放心喝。」

創也嘗試扭金屬蓋，結果手疼得不住揮舞。

「這種蓋子怎麼開？」

「……」

我突然想到電影「回到未來」其中一幕。

「用開瓶器。沒有開瓶器的話，這樣做——」

我將瓶蓋刻痕對準混凝土的一角。

創也說，我手上動作不曾間斷。

「你知道瓶蓋刻痕的正式名稱嗎？」

「……」

「正式名稱為skirt。」

「……」

「啤酒的王冠金屬蓋刻痕，固定有二十一個。」

「創也——」

我打開可樂瓶，交給創也。

「知道刻痕的數量能怎樣？懂得不用開瓶器而打開瓶蓋才有用。」

「……」

這次換創也沉默。派不上用場的知識一大堆。

我也開了一瓶可樂給自己。

此時——

軋啦軋啦軋啦軋啦碰、軋啦軋啦軋啦軋啦碰！

此時——

木板套窗刷地一聲關起來。店內唯一的電燈泡，瞬間熄滅。

「來當我們的同伴。」

陰暗中，有個龐大的黑影站在店內角落。

昨晚在餐廳攻擊我們的X。

「創也！」

我大喊。創也手持玩具槍。

「……」

X不說話，望著創也手上的玩具槍。

黑色頭巾的關係，導致看不到臉上的表情——話說回來，頭巾下真的有張臉嗎？

「那是啥東東？」

X問。

「玩具槍！」

創也答。

「……憑那種東西，就能打倒我們嗎？」

X嘲諷地說，整間店都是他的聲音。

「外星人X先生，那個可以打敗你。」

我從剛才起，不停搖晃可樂瓶，並將瓶口朝向X。集中精神在玩具槍上的X，完全沒注意到可樂瓶。

王冠金屬蓋漸鬆，以大拇指壓緊。

最後一次用力搖——

可樂以驚人的力量衝破瓶蓋

「哇！」

瓶蓋正中X眉心，X忍不住哀號，倒地不起。

「趁現在！」

我和創也一起撲向X，企圖壓制他。

這時，三點失算。

第一，創也莽撞的個性，毫不猶豫飛撲到X身上。

第二，店內很昏暗，創也不偏不倚被一箱蘋果絆倒。

最後一點誤算，創也個人沒有運動神經可言，被絆倒後又撞我，整個人壓過來。
「哎喲！」
我能體會，承載肥胖歐巴桑的平衡球，其心情如何。
軋啦軋啦軋啦軋啦碰、軋啦軋啦軋啦軋啦碰！
木板套窗被用力打開。
太陽光射進店內。
當我跟創也跌倒在地時，X乘隙逃跑。

「有收穫了。」
創也把眼鏡扶正，若無其事地調查起雜貨店。
我則在心中不停吶喊：「你不出紕漏的話，我們就抓到X！給我好好反省！」
可惜，創也神經太過大條，絲毫不起作用。
創也看著我。
「當X出現，門自然而然關上，這一點你有何想法？」
問題來得太突然，我呆了一下。
「耶……不需要如此驚訝吧？X可以控制重力，關門只是小case。」
創也露齒而笑。

「那正是X的目的。」

創也指著收納木板套窗的空間說。

「你仔細瞧瞧。」

依著他的話去做，有哪裡奇怪的嗎？

……？

我的鼻子嗅出潤滑油的味道。套窗的溝槽塗上一層潤滑油。

手指碰觸看看。最近才塗上去的。

有別於鋁製套窗，你可知道木板套窗多難關？

濕度過高套窗會膨脹，真的非常難關。

然而，只要塗一層薄薄的潤滑油，便順暢許多。

手插進收納空間，想將套窗拉出。

……竟然沒動。縱然使出吃奶的力氣拉，套窗不動就不動。

為什麼這樣？

「那個套窗靠機械開關。」

創也說明。

「大概是油壓式。」

創也敲敲收納空間。聲音聽來不像木頭，反倒像金屬音。

「利用木頭作掩飾，其實內部裝有最新技術的機器。」

「……」

「證明X沒有超能力。」

「換句話說——」

「X絕非外星人，他是非得依靠機械的地球人。」

我點頭贊同。

直到現在，仍害怕與X正面交鋒。一個棘手又可怕的敵人。然而，若對方是地球人的話，那又另當別論。

創也持續搜查店內。

看看天花板。三個佈滿灰塵的風箏吊在牆上。

拿起最角落的風箏。

「你看！」

一個極普通畫有鎧甲武士的風箏。可是，翻過來一看，背面竟是一台無線式小型監視器。剛好位在鎧甲武士的眼睛，沒仔細看還不知道。

「X透過這台監視器得知我們走進店裡。」

難怪。X出現得如此湊巧。

「村中到處裝置這種小型監視器。」

「栗井榮太裝的？」
「肯定是。回想一下，當我們到達民宿，尚未按門鈴前，神宮寺便現身。」
沒錯。
「只要待在民宿，栗井榮太即可掌握村裡的情況。若非如此，神宮寺這個遊戲王非常難當。」
「有沒有可能是其他人設置監視器？」
創也搖頭，手指向鏡頭。
整齊地貼著一張「栗子」貼紙。
我倍感無力。
「沒忘記讓玩家盡情享樂喔。」
而創也卻十分雀躍。
我嘆氣，一邊整理目前有的頭緒。
X並非擁有能力的外星人。他是地球人。而且，X絕對是栗井榮太的一名成員。
耶，等等……
「創也，你忘了一件很重要的事。X能控制重力，地球人做不到。」
剛才還手舞足蹈的創也，立即平靜下來。
「……距離破關還有超過半天時間。」

創也表情嚴肅。

「時間一到，我必定會解開那道謎題。賭上龍王創也的名字。」

我曖昧地微笑。不管創也多神，總有辦得到與辦不到的事……

我憂心忡忡，創也說：

「請放心，內人。栗井榮太未免太輕敵。無論裝再多監視器，利用它收集敵人的情報，看扁敵人的力量，這些都會導致失敗。更何況，我身邊有個史上最強生存者。」

創也拍打我的肩膀。

……我身邊卻有個做事莽撞的大笨蛋。

想的同時，我一面打包風呂敷，綑綁於背上。

09

「你們也來買東西？」

店門口傳來聲音。

金田先生背光站立在門口。

「嗯……」

創也隨便糊弄過去。

金田先生問我們：

「我來買鐵釘，有賣嗎？」

「啊啊，剛剛有看到，有在賣。」

我把架上的鐵釘盒遞給金田先生。

金田先生從懷中掏出錢包，取出一張紙幣，投入手提式金庫。在這種場合下，金田先生並未如同創也，掏卡片付帳，果然是個有常識的人。

「金田先生，你現在住在哪？」

創也問。

「這條小路一直往上爬就到我家。」

「可以到你家拜訪一下嗎？」

「沒問題……我有事想請你們幫忙。」

「ＯＫ。」

我們隨著金田先生離開雜貨店。

走在田埂上。

沿路有好幾個上蓋的水井。

盡頭有間平房，四周圍著籬笆，門柱上有門牌脫落遺留的痕跡。

「我住這。」

入門處是個寬敞的庭院。

「鄉村平房的庭院多用來曬稻穀，所以庭院必須寬廣些。」

創也說。

庭院一隅有農具棚和雞舍，兩層樓高的雞舍，大概還養蠶寶寶吧。

平房右側是玄關，裝滿水的水桶就放在玻璃窗前。左側有條走廊，所有的窗戶都被拆下來。

一點也不像廢墟，感覺比較像普通家庭正在年底大掃除。

有個人從房子裡走出來，是亞久亞，她手上握著掃把。卸下巫女裝扮的她，穿著藍色針織上衣，頭上綁一條頭巾。

亞久亞注意到我們。
「啊，是創也和嗯……」
「內藤，內藤內人。」
亞久亞不記得我的名字，創也太搶眼，不管誰站在他身邊都相形失色。
「買回來了。」
金田先生把鐵釘交給亞久亞。
「那我去修理櫥櫃。」
亞久亞走進屋內。
金田先生擰抹布，開始擦拭玄關大門。
「我來幫忙。」
正準備去拿抹布，創也卻阻止我，轉頭對金田先生說：
「這樣好嗎？金田先生的角色是『廢墟愛好者』，修理房子、打掃房子等工作，跟你的角色不太符合……」
我想叫創也別說這些冷淡的話語，但他的表情卻十分認真。
唉，只要跟遊戲相關，便無法通融……
「……」
金田先生將抹布放在水桶邊，走到庭院。

「這裡以前是村長家。」

金田先生告訴我們。

庭院居高臨下，站在這裡可將村中的景色一覽無遺。

「完全沒有改變，除了人口減少，與那裡蓋了一棟新建築外——」

金田先生的手指著栗子民宿。

「你以前到過這個村子？」

我問金田先生。

「已經超過半個世紀了，相當久遠的事情，當時我還未滿二十歲。」

他遙望著村子說。

……那麼久的事喔。

「戰時吧。」

創也說，金田先生點頭。

「我駕駛的飛機墜落，突然無法控制，當我想補救時已經來不及，飛機撞上岩壁。幸好在爆炸前一刻逃了出來，但也身受重傷。」

耶？

金田先生指向村子的東方。

風神屏風明明在西邊……

創也跟我一樣，一臉不可置信的表情。金田先生雖然一口認定，但他該不會老人痴呆吧？

金田先生不理會我們，繼續說。

「很幸運我死裡逃生，村民把身受重傷的我抬到這裡，足足躺了三個月，我才能起身。」

金田先生回憶從前。

「十分寧靜的村落，讓人忘了此刻正在戰爭……療傷期間，我不斷思考，我究竟為何而戰——」

「……」

「以前從來沒想過這些事，我始終深信身為日本人，為國捐軀是理所當然的。然而，那時候卻漸漸開始懷疑，這觀念真的正確嗎？」

金田先生遙望遠方。

「然後越來越不願意打仗，我在想，敵國也有如此平靜的村落吧，於是，越來越覺得戰爭真要不得，可是……」

金田先生表情扭曲。

「最終我仍舊選擇戰爭，為了保護自己以及救我一命的村民，我要繼續打仗，我要殺光所有敵人，你們會覺得我是壞人嗎？」

……我答不出來。

「不過，戰爭一結束，就沒有機會與敵人交鋒。我選擇打仗，卻沒有戰鬥的時機——到底對或不對……我自己也不清楚，恐怕到死，仍然沒有答案吧。」
「不曉得哪本書有寫過，沒有人知道正不正確，大家都是帶著疑問死去。」
聽完創也的話，金田先生閉上眼。
「很可惜，年輕時的我應該會想看看這本書，但如今我已心如止水。」
「不好意思。」
創也低頭。
金田先生走到水桶旁，拿起抹布擦拭玻璃門。
「既然有機會重回塀戶村，當然要來探望恩人，一看才知道這裡早已荒蕪。所以，我才著手整理與修繕。」
「……」
「『廢墟愛好者』不能做這些事，我心知肚明。所以，我跟遊戲王說：『恩公的家中竟如此荒涼，我不忍心放手不管。』我說完後他不作聲，開始東弄西弄，正在思考他到底做什麼時，只看到一台小型監視器被拆下。臨走前他說：『很抱歉打擾您。』——然後就離開。他是個不錯的人。」
金田先生起身，挺直腰桿。
創也問正在洗抹布的金田先生：
「金田先生，你是背負什麼樣的任務在飛行？」

「耶？」

「就我所知，當時這附近並無空軍基地，為什麼你會飛越塀戶村上空——」

「……」

「再根據你剛剛所言，墜落後足足三個月時間，軍隊都沒有派人救援，這又是為什麼？」

「……你認為呢？」

「你是否肩負極機密的任務？」

「……」

「只有軍方高層長官才清楚，其他人也許不曉得你去哪，為何一去不復返？」

「如何？」創也彷彿在詢問金田先生。

金田先生嘆氣。目光如炬。

「你很冷靜。」

「抱歉，生來就是這種個性——」

創也為自己辯護。

「關於那點我不能多說，隨著戰爭結束，軍隊也形同瓦解。不過，那道命令永遠留在我心中。」

聽完，創也點點頭。

此刻，創也腦中究竟在盤算什麼？

亞久亞走了出來。
「櫥櫃修好了。」
「啊啊，謝謝。」
金田先生道謝，態度一百八十度轉變，像個慈祥的爺爺。
創也插嘴：
「亞久亞，妳家有沒有塀戶村的地圖？麗亞畫的地圖，好像錯誤百出。」
「有是有，但很老舊。」
「多久以前？」
「我手頭上的是戰前手繪地圖。」
「太好了，任何一張都強過我手上的。」
創也從口袋掏出麗亞畫的地圖。
萬一麗亞在場，創也恐怕死路一條。
金田先生朝我們跟亞久亞說：
「謝謝，已經不需要你們幫忙了，剩下的我一個人慢慢做。」
我們慎重地向金田先生點過頭後，正式與他告別。

10

穿過鳥居，爬上神社前的階梯。

茂密的樹木遮擋太陽光。

微涼的空氣使人身心舒暢。

雄偉的本殿，巍峨聳立在參拜道路的盡頭。建築本身並不華麗，但感覺得到村民非常重視此神社。

「要參拜神明嗎？」

亞久亞的提議，被創也鄭重拒絕，因為現在最要緊的是先看地圖。

「這邊請。」

亞久亞走在我們前面，以手示意本殿旁一棟質樸的建築。

一踏進去，就有種熟悉感湧上來，因為我是日本人。

「請稍待一會兒。」

將我們留在八張榻榻米大的和室，把茶端出來後，亞久亞便去拿地圖。

角落有張書桌，上面擺著花瓶。

書架上排滿文庫本。

這裡大概是亞久亞的房間。
我和創也跪坐在坐墊上。
「有關我取名字的sence，你似乎有諸多不滿。」
創也突如其來地說。
「沒那回事。」
我趕緊搖頭。
創也冷哼一聲，絲毫不相信我。
「取名時有幾個規則，例如，狗就叫『波吉』，貓則為『塔瑪』。」
沒搞錯嗎？
有生以來，我還未遇過叫波吉的狗。
創也未多加理睬我的不滿，自顧自道：
「替雙胞胎取名時也一樣有規則可循，比方說，一個叫『鈴鈴』的話，另一個——？」
「蘭蘭！」
「北之狼？」
「南之虎！」
我反射性地回答。
創也滿足地點頭，我的答案正當化了他的理論。

「如同你剛才的回答，兩個相像東西的取名模式，不是相似，就是相對。」

是這樣喔。

創也葫蘆裡到底賣什麼藥？

「這就跟替三個女孩子取名為亞衣、真衣、美衣，是一樣簡單的方法，而且也容易記，那麼——」

創也面向我，伸出一根手指。

「若取為風神，那——」

「雷神！」

創也聽完後，微微一笑。

不懂……

「讓你們久等，花了一些時間清灰塵。」

亞久亞回來，兩手多了報紙大小的框架。

舊式和紙上是毛筆繪製的地圖，看一眼，就覺得比麗亞的地圖可靠多了。

「你看這裡。」

創也指著村子東邊。

與風神屏風對稱的位置。

「耶……」

毛筆寫著「雷神的屏風」等文字。

麗亞的地圖沒有這個地名，只胡亂畫些水井。

「竟然有雷神的屏風……」

看著地圖，亞久亞說。

「亞久亞不知道嗎？」

我問，她點頭。

「很正常，亞久亞出生很久之前，雷神的屏風便消失了——大約在戰時。」

創也說。

「創也，你為什麼曉得？」

「沒有辦法提出證明，只是看到麗亞的地圖上畫有風神的屏風，我想，既有風神屏風，應該也有雷神的屏風。剛剛金田先生指出他墜機的地方，恰巧跟風神屏風相反方向，那時我才敢肯定。」

創也伸出一根手指。

「塀戶村曾經有雷神的屏風。」

又伸出另一根手指。

「因為金田先生的飛機一撞而崩落。」

亞久亞接著說。

雷神、屏風
風神、屏風

「好驚訝……」

「現在，這地方怎樣了？」

「以前大人就告誡我們不可靠近，所以我不了解近況。」

根據前言來推測，那裡可能充滿大大小小的石頭。

被稱為雷神屏風的岩壁，只剩落石。

「接下來是我個人的想像。」

創也面對亞久亞說。

「雷神屏風因飛機爆炸而崩落，金田先生即時在爆炸前逃生，以上兩件事撇開不管，從他受重傷療養三個月看來，我大膽的假設。」

亞久亞一邊聽一邊點頭。

「金田先生的飛機是否載運新開發的炸彈？」

耶？突然變成這樣的結論？

話題轉變得太神速，令我跟不上速度。

看我一頭霧水，創也說明。

「金田先生爆炸前逃了出來，為何還受重傷？可想而知，當時爆炸的威力有多強大。再加上，雷神屏風因碰撞而崩落。所以，我才推測飛機載運新型炸彈。」

嗯，可以理解。

不過，從何得知是新式炸彈？

「普通炸彈的話，有必要那麼神秘嗎？」

創也斷言。

戰時雷神屏風崩塌，駕駛肇事飛機的人，就是「終極ＲＰＧ——ＩＮ塀戶」的玩家——

金田先生。

「創也，你這一番話和『終極ＲＰＧ——ＩＮ塀戶』有關係嗎？」

我問，創也聳聳肩。

「誰知道。」

手抵著下巴思考的創也說：

「麗亞構思的故事，由春子配合玩家展開。金田先生的加入，讓『終極ＲＰＧ——ＩＮ塀戶』除了本身的故事外，又衍生出另一個故事……」

後半段是創也的自言自語。

這時，我腦中靈光一閃。

想到昨天路旁發現的骷髏頭。

「創也，不只這樣，昨天的骨頭——那個說不定也有關係……」

說完，我有個奇怪的想法。

這個村中隱藏著連續殺人魔。

證據是，昨天那個骷髏頭。

死在殺人魔手下的有三十二人……不，六十四人、一百二十八人……

總之，絕非少數。

殺人魔偽裝成善良的村民，

殺了人後，將屍體埋起來。

埋在哪？

那個藏著飛碟及外星複製人培養皿的洞穴……

錯，不是那樣。

雷神的屏風崩落後——

殺人魔將屍體埋藏在大量土石滾落、堆積之地。

殺人魔的真面目究竟是……

亞久亞——

塀戶村唯一的村民。

為何只有她一人獨留村中？

她如果真是殺人魔……

因為塀戶村埋藏太多屍體，所以她不能離開……

我的視線始終停留在亞久亞身上。

亞久亞歪著頭，一臉疑惑地回望。

我跪坐在坐墊上，驚恐地向後退。

趁亞久亞離開房間去泡茶時，我神色緊張地跟創也說：

「創也，聽聽我的推理。」

「不想聽。」

創也冷淡地回答。

知道自己的心上人竟是殺人魔的事實，任誰都會受不了。

然而，不提起勇氣接受是不行的——

聽完我的推理，創也嚴肅地說：

「所謂推理是以事實為基礎，進而推測未知的事實。相對於此，所謂妄想，是想像非事實的事，並且深信不疑。你能替自己剛才所說的那一番話，作出區別嗎？」

「推理？」

我答，創也嘆氣。

亞久亞又走進房間。

「亞久亞，這附近有面海的懸崖嗎？」

「耶？」

亞久亞一頭霧水，創也解釋。

「內人說了件有趣的事情，將犯人逼到死角的最後一幕，一定要在沿海的懸崖。因此，我才會問妳，是否有合適的場景。」

……創也完全不將我的推理當一回事。

「真不巧，我們的村落位於山中，不可能有面海的懸崖。」

亞久亞以抱歉的口吻說。

「那麼，先把內人的『妄想』擱置一旁——」

創也兩手一起向左攤。

「我所說的一切，關於金田先生的內容，也無法稱之為推理，全部皆為我的想像——就以此為根據，請聽我繼續說。」

創也一再強調。

亞久亞點頭。

「飛機爆炸不只影響到雷神屏風，甚至波及到地底下。」

地底下？

「塀戶村的湧泉乾涸的時間，也在戰時嗎？」

「是的。」

「飛機爆炸使屏風崩塌是主因，岩盤鬆動、掉落——堵塞了塀戶村的地下水脈。」

結果，湧泉乾枯，村民不得已只能離開村子。

假如地下水未乾涸，村民應該會繼續留在村裡。
創也問亞久亞：
「妳能原諒金田先生嗎？」
想了一會兒，亞久亞緩緩點頭。
「我……住在塀戶村時常常想，雖然我是一個人，但這裡有山有森林，還有陽光、空氣和風——就算我死，這一切也不會改變。」
亞久亞打直背脊。
「水會乾，是大自然的作用。沒有人該為這負責，而且，並不是金田先生的錯，原不原諒金田先生……我從不曾想過。」
龍神不再眷顧塀戶村——
這是村人的說法，他們默默地接受村子的衰退。
我開口道：
「是戰爭，倘若沒有戰爭，金田先生不會駕駛裝滿炸彈的飛機，水源不會乾涸，村民也不會一個接一個地離開。」
創也聳肩。
「內人，冷靜一點，一開始我就說過，這些只是想像，不過——」
創也將視線移到亞久亞身上。

「感謝妳把一切都歸咎於大自然的作用。」

創也跪在坐墊上，兩手交疊置於榻榻米，慎重地點頭。

11

我們告別亞久亞。
創也漫步在前方。
「去哪？」
「當然是雷神的屏風啊，我總覺得那裡似乎隱藏不少秘密。」
步下神社石梯之際，遇見堀越美晴，她手上拿著保冷用水壺。
「原來在這，聽麗亞和朱利爾說，你們去雜貨店，我一直在找你們。」
看到我和創也後說。
「還真找對地方了。」
創也說。
「神宮寺告訴我的。」
堀越美晴回答。
我抬頭望著神社鳥居和樹木，即使柱子和樹葉提供良好的遮蔽，仍然可見有東西閃閃發亮。
神社境內也裝置監視器和麥克風。
「你們到水上小姐家嗎？」

堀越美晴笑著問，感覺她笑得十分勉強。

我們點頭。

「是這樣喔……」

堀越美晴低下頭。

我們邁開步伐，走向村子東邊。

創也走得比我們快一些。

我和美晴則肩並肩跟隨在後。

好一幕幸福的畫面，要是創也不在，只有我和堀越美晴單獨約會的話，該有多好……？

現在若有資源回收車開來，我鐵定把創也丟上去。

「喂，內藤。」

堀越美晴兩手抱著水壺，輕聲問：

「男生是不是比較喜歡像水上小姐那種成熟女性？」

「耶？」

女生竟如此平靜地問這種難題，真傷腦筋。（但那也是可愛之處）

「嗯……每個人的喜好不同吧。」

考慮幾分鐘後，我回答。

「喔。」

而美晴的反應卻很冷淡。

此時腦中，
滋答答答答答啊～滋答答答答答啊～
響起一陣輕快的音樂聲。
腦中出現一位身穿燕尾服，手持指揮棒的男人。
一頭亂髮與厚重鏡片的眼鏡，是他的特徵。
「你哪位？」
我問，他手指將眼鏡往上一推，裝模作樣地說：
「我是校正老師，特來校正內人剛說的台詞。」
「耶！」
我驚訝不已，校正老師把移動式黑板拉過來。
老師在黑板上寫字。
①「嗯……每個人的喜好不同吧。」
②「還是妳最好。」
③「妳美得令人失神！」
「注意、注意！」

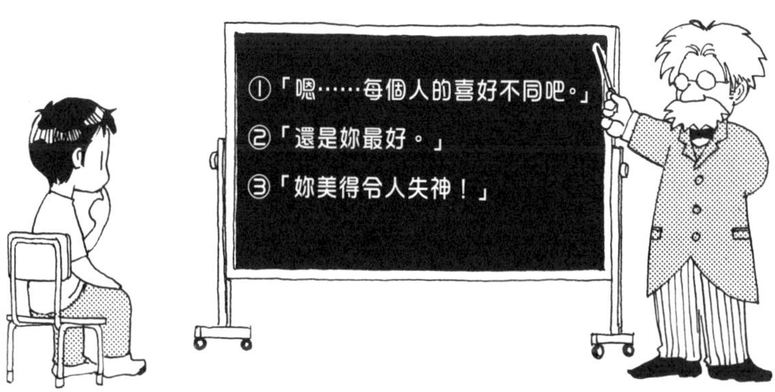
①「嗯……每個人的喜好不同吧。」
②「還是妳最好。」
③「妳美得令人失神！」

校正老師用指揮棒敲敲黑板。

「黑板上有三句台詞，內人說的是①，那麼，先就這句台詞來做校正。」

腦海中的我專心地攤開筆記本。

「首先『嗯』和『吧』出了問題，這句話會給對方『想來想去，仍然不懂，隨便回答一下』的印象，這答案不太好。」

校正老師拿紅色粉筆將「嗯」、「吧」劃掉。

「這部分稍微弄一下，就是完美的回答。」

校正先生以紅色粉筆寫下「每個人的喜好不同！」

「肯定一點說，對方會認為你是『果斷的男人』，重點在於結尾處的『驚嘆號』。」

原來如此，受教了。

「跟著老師後面唸：『每個人的喜好不同！』」

「每個人的喜好不同！」

「嗯，很好。這樣一來，對內人的好感度也會提升。」

校正老師滿意地說。

接下來換②跟③的句子。

「②是例文，無論哪種問題，一律答『妳最好。』即使被問到『漢堡與拉麵，你喜歡哪個？』也如是回答。能若無其事地說出這句子的話，就算成功。」

我趕緊作筆記：「妳最好。」

「稍稍偏離主題，內人你相信看血型猜個性，或占卜嗎？」

校正老師一問，我搖頭。

都什麼年代，還有人以血型來看彼此合不合適，毫無科學根據。

我的回答令校正老師仰天長嘆。

「你要成功仍是個夢，說謊也無妨，關於不同血型，最少了解一半！」

一半……太嚴格了。

我舉手發問：

「創也不也對星座、血型嗤之以鼻？」

校正老師眼睛一亮。

「內人你不行這樣，創也的等級比你高，不論他做什麼，都會被原諒。」

殘酷的世界……

為了跟堀越美晴交談，一定要帶著笑容說：「B型人，才華特別洋溢。」

那就是內藤內人！

校正老師回到上課內容。

「緊接著③，這是發展型。這句台詞若能流利地說出來，等級立刻提升。可是，初學者容易弄巧成拙，使用上要特別注意。」

筆記本上的「妳美得令人失神！」旁邊，我另外以麥克筆加上「注意！」

「老師靜待你的成功。」

老師掏出手帕拭去眼角的淚水。

滋答答答答啊～滋答答答答答啊～

主題曲再次響起。

「喔，時間到了，下次再會。」

校正老師推著黑板離開。

我朝他的背影，懷著感恩的心深深一鞠躬。

「對了——」

校正老師回過頭說：

「這首曲子名為〈大學慶典序曲〉——由布拉姆斯作曲，請牢記在心。」

校正老師離去後，我沉思一會。

光是儲存一堆知識沒多大的意義，日常生活裡要活用。

我心裡默唸②的例文數百回後，才開口道：

「我認為妳最好。」

不知不覺中，我身旁已沒有堀越美晴的蹤影。她在遙遠的前方，與創也並肩而行。

我跟著校正老師學習之間，情勢已大大轉變……
剛我還很努力地抄筆記……
我的頭無力地垂下。
這時，堀越美晴轉身向我揮手。
「來這裡的樹蔭下休息！」
「好——！」
我活力充沛地往前跑。
粗壯的樹幹，即使二十個小一生手拉著手也無法環抱，茂密的枝葉，提供了一個涼爽的休憩場所。
堀越美晴坐在石頭上，屁股下墊一塊水藍色手帕。
我問了站在一旁的創也。
「那條手帕是你鋪的嗎？」
「耶？是啊。」
創也一副「幹嘛問這個」的神情。
對喔，這種情形下，要自然地注意到小細節。
校正老師，成功的道路實在太漫長了！
「請用！」

堀越美晴將柳橙汁倒進水壺蓋，遞給我。
嗯，煩惱先拋一邊，此刻好好享受她給的果汁吧。
「謝謝！」
還沒到嘴邊，我面前立刻伸出一隻手。
創也的手。
「做啥，你這壞心眼的傢伙。」
即使我大發牢騷，創也仍充耳不聞，他面對堀越美晴說：
「妳被外星人寄生了嗎？」
「咦？」
這麼說來，她有吃早餐。
堀越美晴開口。
「你知道了？」

堀越美晴被外星人寄生。
她也承認。
創也怎麼會發現呢？
「因為堀越的行為有些不自然。」

創也說。

「妳知道我們等一下要去哪嗎？」

堀越美晴搖頭。

「沒錯，第一個可疑點就在此。首先，應該要先問我們要去哪，之後再跟著來。不曉得去哪卻跟來，這相當奇怪。所以，我才想該不會有什麼企圖。」

不，等一下，創也！

只要能跟堀越美晴走在一起，目的地是哪裡我都不在乎。

「第二個可疑處是那個水壺，那是保冷用的？」

堀越美晴點頭。

「保冷用水壺，顧名思義就是讓飲料維持冰涼的狀態。以人類的心理來看，不可能雙手緊抱著水壺。看到妳的動作，我會聯想到，是不是裡面裝有非常重要的東西。」

「……」

堀越美晴噤聲，創也繼續發表他的言論。

「綜合以上各點，妳打算讓我們喝水壺中的飲料。那麼，裡面究竟為何物？——現在的狀況，說與外星人有關係，絕非突發奇想。」

「……」

「外星人如何使地球人成為他們的一員，進入對方的身體，使用催眠術——應該有不少方法。」

創也將果汁拿給堀越美晴看。

「喝下這杯果汁，是不是會被寄生？」

我認真想想。

堀越美晴先把果汁給我，而不是創也。她想讓我先成為她的夥伴？還是，覺得創也被寄生很可憐，所以先讓我被寄生？

啊，我不懂。

也許堀越美晴只是單純地想拿果汁給我們喝？

我舉手問創也：

「她是好意讓我們喝果汁——這樣想不行嗎？」

我說，創也頷首。

「不行，心懷好意的話，她應該直接讓我們喝冰涼的果汁，而非兩手抱緊水壺。」

……說得有理。

「早餐時，味噌湯的味道太可怕。」

堀越美晴說。

味道太可怕……什麼樣的味道。

「摻入大量砂糖，喝到的人無不立刻噴出來——只有宿醉的麗亞沒有反應。後來，神宮寺走到餐廳，他說：『凡是喝到砂糖味噌湯的人，一律被外星人寄生。』」

現在，我不禁對自己直覺敏銳感到慶幸。當時若快樂地吃下早餐，我就被寄生了。

我暗中算算人數，那時在餐廳的有：堀越父女、麗亞與朱利爾、柳川——這五個人全被寄生。

「神宮寺還說，這樣下去將失去遊戲資格。想繼續玩，必須增加被寄生的同伴。」

因此她才倒果汁給我們喝。

「如何能讓被寄生的人恢復原狀？」

我問，堀越美晴不解地搖頭。

「關於這點，他並沒有說。」

好，我自己調查。

我從創也手中接過果汁，作勢要喝。

「請等一等！」

創也拉住我的手。

「剛說的話你都聽見了吧，只要一喝下肚，你也會被寄生！」

冥頑不靈的小子。

我反駁。

「那不過是遊戲，事實上，我手中這杯果汁，只是普通果汁。我現在很渴，想喝果汁。」

「不行，忍耐一下。」

一點也沒得商量。

我打算不理他喝果汁，創也對著樹大叫：

「遊戲王！」

「神宮寺不可能那麼巧出現在這！」

話還沒說完，神宮寺從樹蔭下現身。

好嚇人，遊戲王！

「不能違反遊戲規則。」

手指搖搖後，神宮寺說。

「是！」

我把果汁還給堀越美晴。

「不要浪費，我喝光它。」

堀越美晴接過果汁，一口氣喝完。

啊啊……

「我來報告一下，目前為止所了解的事情。」

創也跟神宮寺說。

「很久以前，外星人造訪塀戶村。當時看見飛碟的村民，誤以為那是龍神，才有如今的龍神傳說。」

「沒錯。」

雙手抱胸的神宮寺說。

「為了使你更易理解我說的話，暫且稱那外星人為『歐魯德』。」

「……這個名字有點怪。」

神宮寺緊蹙眉頭，大有不滿地說。

「比起你們的『涅提夫』好多了。」

我覺得兩邊都好不到哪裡去。

創也神色不悅地繼續說道：

「歐魯德為不具有肉體的意識體，以寄生村民繼續存活下來。」

「那些科幻小說的情節全被你看懂，公主會樂翻天。」

「昨晚墜落的是另一架飛碟，它來地球的主要目的是要救出歐魯德。我們將昨晚到訪的外星人，稱作『紐』。」

「我們叫巴歐。」

「訪問者嗎？」

創也問。

「正是。」

神宮寺微笑回答。

果然半斤八兩。

「但是，這樣下去話題很難連貫，乾脆把名字統一。」

創也提出建議，

「可以。」

神宮寺表示贊同。

兩人相互瞪視，眼裡激射出火花，不久各自伸出右手。

神宮寺出布，創也出剪刀。

創也露出滿意的微笑，得意地往下說。

「歐魯德有可能為村中的住民——亞久亞或柳川，可是，亞久亞並非歐魯德。換言之，柳川才是歐魯德。」

「為什麼不是亞久亞？」

我一面問，心裡想「創也，不行偏心喔！」

「我沒有偏袒她。」

創也彷彿看穿我的心思。

「之前我們去她家喝過茶，喝了茶後，神宮寺也沒有出現。所以，那時的那杯茶什麼都沒加。」

說完，創也看了神宮寺一眼。

神宮寺點點頭，然後，他試探式地問創也：

「那麼，紐的真面目呢？」

「——現在還未提及，繼續剛剛的話題。」

創也不說，我獨自思考。

墜落現場的人。

柳川、堀越導播、金田先生和神宮寺。

除了遊戲王神宮寺及歐魯德柳川外，剩下兩個人——不是堀越導播就是金田先生。

我判斷堀越導播不是紐。

如果他被寄生的話，絕對會掀起一陣騷動，否則不善罷干休。

那才是堀越導播！

金田先生就是紐，但他沉浸於過去的回憶，遊戲因此無法繼續。

一定是這樣，所以，有關紐的真相，創也啥也不說。

「昨夜我們在民宿餐廳被外星人偷襲。雖稱X，實際上是歐魯德——也就是柳川。」

X是柳川。

我牢牢記在腦海。

「那時，歐魯德讓我們見識到外星人的高度科學文明，控制重力加上念力。」
「喔，那倒很了不起。」
神宮寺發笑。
「不過，如何做到控制重力？以地球的科學，仍辦不到。」
創也不回答。錯，他答不出來。
「放火燒農具棚的人？」
「……」
這題也無法回答。
神宮寺聳肩。
「我放心了，你們還未解開所有謎題。」
創也恨得牙癢癢。
「別懊惱，至少你洞悉村裡水源枯竭，起因於金田先生的飛機墜毀。」
神宮寺拍拍創也的肩。
這樣的安慰也無濟於事喔，神宮寺。
「啊，後來在洞穴中發現了飛碟與外星複製人培養皿，解開謎底了沒？——嗯，那夠你傷腦筋的。」
「……」

創也緊握拳頭忍耐。

依照平常的創也，此刻應該口出穢言，創也靠那張嘴，即能打遍天下無敵手，今天怎會沉得住氣……？

我靠近創也耳邊說：

「被說成那樣，你還真能忍耐。」

「別把我看輕，嘴巴贏人也沒用。對栗井榮太而言，遊戲未取得最後勝利，一切都沒意義。」

說得好！我深受感動。

今後堀越美晴再用熱烈的眼神注視創也，我可以稍微不在意……

「我先說說今後故事的發展。」

神宮寺斜靠著樹。

「目前還不是全部的人都被寄生。」

我們一面點頭，一面聽。

「直到最後都沒被寄生的話，這場遊戲算你們兩人優勝。」

我舉手發問：

「若玩家都被寄生，就是所有人勝利。所以，現在我跟創也一同加入被寄生的行列，勝利的機率立刻提高。」

自認為是個好點子，我志得意滿地看著創也，他悲傷地嘆口氣。

「內人，你大概忘了玩家名單中，出現卓也的名字。無論怎麼想，卓也被寄生的機率微乎其微。」……這句話點醒我。

創也問神宮寺：「我和內人假如躲到遊戲結束都未被寄生，那勝利將屬於我們，對吧？」

「嗯，的確。」神宮寺咧嘴一笑。

「可是，你們應該不想只有自己贏吧？」

我們點頭。

創也又問：「怎麼做才能幫助被寄生的人？」

「紐與歐魯德──找出這兩個外星人，給他們點顏色瞧瞧。」

我問：「外星人的數量單位，可以用『一個人、兩個人』數嗎？」

神宮寺漠視我的提問。

「金田先生戰時曾經到過塀戶村，這件事是程式的錯嗎？」

創也問，神宮寺聳肩，

「關於那點，你們自己去判斷。」

神宮寺掏出香煙點火。

「我能說的只有這些，祝你們好運──只能給你們祝福而已。」

……神宮寺謝謝你。

12

跟神宮寺分開後，我們走向雷神的屏風。

「啊，是你們！」

手持一台掌上型攝影機的堀越導播。

「今天天氣真好！」

他抬頭望向天空，開心地說。

「……」

我和創也不發一語，靜靜看著堀越導播。

我們知道他被寄生，他並不曉得事情已經曝光。

（啊啊，挺複雜的情緒……）

「許久沒碰攝影機，好重、好重！」

堀越導播做作的語氣。

「年輕時我能扛更重的攝影機跑來跑去，唉，人不得不服老。」

「……」

「那麼——」

堀越導播攝影鏡頭對準我們。
「我幫你們照一下。」
「不，謝謝你。」
創也拒絕。
我們趕快逃離鏡頭。
「被攝影機一照，魂就被攝走是嗎？然後，外星人乘隙竄入無魂的肉體——」
創也說，堀越導播回答：
「哦！」
叫了一聲。
以前看過一些特別節目，和外星人使用同一台攝影機，地球人的精氣會被吸走。
我說：
「很不巧，我們知道你被寄生的事情。」
「哦哦哦哦哦！」
堀越導播驚訝地倒退。
「所以，請你放過我們。放心，我們一定會揪出外星人的真面目，讓被寄生的人恢復正常。」
堀越導播根本沒在聽創也說話。

扮了個鬼臉，

「呼呼呼，被看破手腳沒辦法。地球的少年郎，再會！哇哈哈哈哈！」

堀越導播留下笑聲跑遠。

大概是掌上型攝影機太重了，他跑了十公尺左右即停住，不斷喘息。之後，回頭朝我們一笑。

我們連忙裝作沒看見。

約莫五分鐘後，堀越導播終於消失在道路的那端。

「堀越導播縱使被寄生，也一臉幸福樣。」

對於我的話，創也大表贊同。

見到堀越導播，我才體會到所謂幸福，端看你如何享受人生。

到達雷神的屏風。

草木不生，觸目所及，盡是大大小小的岩塊。

給人極盡荒涼之感。

呼呼的風聲，似乎唱著哀歌。

「……應該沒人住這吧。」

創也自言自語。

終於理解亞久亞不常來的原因，這種爛地方，求我來我還不想來。

岩塊與岩塊間有口水井。

走近一看，水井沒有上蓋。

「因為沒人靠近，所以才變成這樣。」

我們探頭窺視水井。

井底又深又黑，什麼都看不見，只聞到青草味。

「水早已乾涸。」

——說到此，突然有人推我們一下。

來不及叫喊。

我和創也掉到井裡。

掉落的過程中，我猛然想起《愛麗絲夢遊仙境》。

以前創也說過。

「作者路易斯．卡羅顯然知道，物體若在普通狀態下掉落，水壺不會掉到地上。」

「會怎麼樣？」

「會浮在空中。讀《愛麗絲夢遊仙境》後會發現，比起愛因斯坦假想的電梯落下實驗，作者的觀點先進了許多。」

創也說得口沫橫飛，我卻完全聽不懂他講啥。

當我還在想，童話故事開開心心讀過就算了的時候——

碰！

掉落在一團軟綿綿的東西上頭。

原來井底堆積大量的落葉與枯葉，難怪我們毫髮無傷。

抬頭向上，推我們落井的人，已不見蹤影。

設法平靜情緒，觀察四周。

井深約十公尺，牆壁高低不平，似乎滿好爬的樣子。

轉頭看看身旁。

創也仰躺在地，眼神沒有焦點。

「喂，創也，撞到哪裡？」

我搖晃創也的身體。

「啊啊，是你喔……我沒事，做了個夢而已。」

「夢？」

「沒錯，夢見我為了追兔子，而掉到洞穴裡。」

推推滑落的眼鏡，創也說。

追兔子追到掉進洞裡……

「嗯，《愛麗絲夢遊仙境》。」

創也對我眨眨眼，情緒相當興奮。
趕快去給醫生看比較妥當。
無視我擔憂的心情，創也伸了個大懶腰。
「託這個夢的福，才能看清許多事物。」
「是嗎？太好了。」
到底看到啥，等一下再說。
「快點逃出去，總之，先送你去醫院——」
「醫院？」
「是不是傷得太嚴重？」
剛才的好心情瞬間消逝，創也十分不爽。
「沒禮貌！」
長到國中二年級，還是第一次被罵沒禮貌。
不過，看樣子我不需替他緊張。
我問：
「誰推我們下來？」
創也聳肩又搖頭。搞什麼，你竟然不知道……
算了，不跟你計較。

反正沒受傷，與其揪出犯人，倒不如先逃出去再說。
我將手腳緊貼牆壁。
「創也，你會爬牆嗎？」
他露齒一笑。
「不要問那麼簡單的問題，以我的運動神經，怎麼可能會爬。」
說得冠冕堂皇。
我嘆氣，沒辦法……
「那，我先爬上去後，再用繩子拉你。」
「手腳快點，我肚子餓了。」
「……」
「怎麼了？」
「……沒。」
等人救援的傢伙，說話竟這副德行？
太可惡！
把創也留在井底睡一晚，讓他好好反省。
「我先走一步，等我喔。」
我帶著和煦的笑容說，開始爬上牆壁。

沒多久，「耶？」

我的動作猛地凝結，腳邊傳來創也的聲音。

「發生啥事？」

「——旁邊有個洞。」

從井底向上看，因為過於黑暗，所以看不清楚，不過的確有個大洞。伸手拉創也上來。

「裡面挺寬敞。」

站在洞穴口創也說。

寬度足夠我倆並肩同行，黑暗中看不見洞穴的盡頭。

我解下斜背在肩上的風呂敷，確認有哪些東西。

能使用的……包飯糰的報紙、衣架——只有這些。

我將報紙捲起來，另外把衣架分解，

纏繞其上，以防報紙鬆散。

以火點燃，完成一支簡單的火把。

「你真行！」

創也欽佩地說，雜貨店如果有賣乾電池，也不用那麼累。

手舉火把向前一照。

仍舊不見盡頭，

平常人的話，多少有些害怕，不敢貿然前進。

可是——

「走，出發囉！」

創也活力十足，邁開大步……

這小子，非正常人。

這是個直行的洞穴，沒有岔路。

「到底有多深……？」

我喃喃自語，創也突然立定腳步。

「我一步約有五十公分，從進洞穴開始，到這裡一共三千兩百四十九步，相當於走了一點五公里以上。換成地面，差不多是走出村外的距離。」

喔——！

聽到創也所說，我感動莫名。

非常情形之下，創也竟能發揮用處，大概是本系列以來頭一遭吧？

「第一次有幫助，就定今天為創也紀念日。」

——晚一點寫在筆記本上。

「對我刮目相看？」

創也無畏地笑一笑。

我老實地低頭。

邊走創也說，「我想，這洞穴恐怕是緊急逃生用的祕密洞窟。萬一隧道無法出入的話，像這次土石崩塌，村民可苦惱。」

「來這裡真是太棒了。」

創也心情大好。

「村子被攻擊時，可以利用這裡逃生。且這不是遊樂場所，所以大人都告誡小孩『不可以靠近』。」

創也停下腳步。

我舉起火把。

洞穴旁邊有個塌陷處，放置著高三十公分左右的地藏王菩薩。

一、二、三……

總共有八尊菩薩，這是——

「祭拜開拓塀戶村，那八位落難武士。」

我蹲在地藏王菩薩像前，雙手合掌。

地藏王菩薩的腳邊堆積著石塊，預防神像倒塌。

創也伸手拿塊石頭。

「嘿耶……」

發出一聲驚嘆。

「怎樣？」

創也朝我扔石頭。

下意識接住石頭的我，也嚇一跳。

這塊石頭，怎麼回事！

重得跟鉛塊一樣。

創也朝地藏王菩薩膜拜，對無神論的創也而言，真是非常難得的一幕。

將石頭放進口袋。

我憂慮地問：

「你……把石頭放進口袋，不會被家人唸？」

創也傻住。

我趕緊說明：

「小學放學回家的路上——撿到一顆自己喜歡的石頭，隨手將它帶回家，結果我媽很憤怒，『石頭放入口袋，衣服會壞掉！』」

「……」

「不過，也有沒被媽媽發現而僥倖藏起來的石頭。打開抽屜，應該有不少吧？」

「……」

「……沒有嗎？」

我的聲音不由得低沉。

「有一點我要說明。」

創也伸出食指。

「你剛才說『喜歡的石頭』，我從沒有中意過落石。所以，針對你說的話，我都無法苟同，完畢！」

只有我啊～

寂寞的風，吹過我的胸口。

但是，

既然那樣的話——

「你幹嘛把石頭放口袋？」

這時，

創也神秘的一笑。

「掉落在地的任何一個項目，都不能放過。」

……嗯，不懂。

再往前一點即是盡頭，好像很久之前便已崩塌。

「到這裡而已喔——」

我們折返。

13

離開洞穴，攀爬水井牆壁。

天色已經完全變黑。

創也看看手錶，已經過了晚上九點。

距離遊戲結束，還剩下十五個小時……

創也使用我事先準備的繩索爬上水井，他對我說：

「有件事想拜託你。」

——一般人該有的禮貌，不都是先跟救命恩人道謝……？

創也沒注意到我憂鬱的心情，仍然興致高昂地說。

「重要的情報已經蒐集齊全，從現在開始，整理資料，解開『終極ＲＰＧ——ＩＮ塀戶』的謎底。」

哦哦！

「真的假的？好厲害！不愧是創也！」

我不假思索地讚美。

「內人，你的工作就是，負責弄一個舒適的地方，供我集中思考。」

創也說。

「……」

「來到塀戶村才深深感覺到，我徹頭徹尾是個都市小孩。少了空調、舒適的空氣，我的腦袋便無法活動。」

「……」

「有問題嗎？」

「……沒。」

我回個曖昧的笑容。

思考的確是創也的工作，然而，為什麼我要扮演考生的媽媽一角，伺候考生不可？

「我想吃晚餐，菜色給你想。」

創也拍打我的肩膀。

我撥開他那隻手。

「只要回民宿，你要什麼有什麼。」

「不可以！民宿裡的所有人都被寄生。去那裡，跟全身沾麵包粉，投進熱油鍋中沒什麼兩樣。」

餓爆了吧，連打比方都像餓死鬼投胎似的。

「所以，麻煩你。」

創也說。

我無奈地嘆口氣。

……不得已，我就來當溫柔的媽媽吧。

遠離雷神屏風，我們走進森林裡。

選定有石壁的地方休息，創也就能靠著石壁思考——媽媽現在來做晚飯，創也你要認真唸書喔！

心裡一面說，一面張羅晚餐。

首先，在不同的兩個地方起火。附近有河川，不必擔憂用水問題。

問題是容器。

若有鋸子或輕便斧，便能砍竹子當容器……以我手上的小刀，想砍下竹子太費工了。沒人住自然就沒垃圾，沒垃圾表示撿不到可以使用的空罐。

無所謂。我撕下畫冊，摺成杯子，就用它當容器。

水裝入紙杯，衣架摺成網子，將紙杯擺上網子。

接著，洗淨醋昆布，放進杯子。

高湯以此代替。

加入花枝仙貝當湯料，沒過多久，一陣撲鼻的香味傳來，說它是海鮮湯也不為過。

叫創也來喝湯。
一邊把湯吹涼，創也一邊喝，嘴裡頻頻誇讚好喝。平常沒吃過好東西嗎……？
「只喝湯很快就會餓，我想吃飯或麵包。」
考生提出要求。
「啊啊，差點忘記，飯也準備好了。」
「準備……只看到火在燃燒。」
我小心把火熄滅，並將土挖開。
底下是兩團捲成球狀的毛巾。
將一個熱騰騰的毛巾遞給創也。
「蒸毛巾？」
呼呼呼……太低估我了，創也。
「打開毛巾看看。」
「哇——」
創也歡呼。媽媽就是想聽見孩子這種聲音，才會不辭辛勞地煮飯。
「好棒，讓我很意外。」
毛巾裡是剛炊好的白飯。
創也十分欽佩，我將作法告訴他。

「因為沒有炊飯器，不得已只好用毛巾。作法相當容易，擰乾毛巾，包入洗好的米，之後再埋進土裡，土上起個火堆即可。」

不曉得有沒有在聽我說話，創也一口接一口吃飯。

此時，森林的另一端，「哇啊！」有哀號聲傳來。

「發生啥事？」

創也抬起頭，我說：

「被外星人寄生的某人，想偷襲我們，結果中了圈套。」

等待晚餐完成的時間，我四處設置陷阱。

奶奶教我，把捕兔器改造過後使用，不會致人於死，但有一定程度的效果。大概需要一台戰車，才能突破所有的陷阱，到達我們所在之處。

「你說過要集中精神思考，這樣一來，便不會受到打擾，可以繼續解謎。」

「了解——嗯，謎題已解開。只剩明早回到民宿，揭開謎底。」

是嗎？

那我不需要再扮演慈祥的媽媽了。

我對創也說：

「晚飯後的收拾，交給你。」

我叫他趕快把沾上飯粒的毛巾拿去洗。

「明天一早——凌晨洗也可以吧。」
「不行，順便裝上這個。」
剛才做好一個捕魚器，將它交給創也。
切斷寶特瓶的上半部，上下顛倒組合起來。
底部用燒紅的金屬絲戳洞。
「放一點吃剩的飯粒在裡面。」
我傲慢地說。

收拾乾淨後，我們開始聊天。
各自躺在火的兩邊。
感覺像校外教學的晚上。
話題不外乎電玩遊戲、有趣的電影等。
但，這種時刻必問的話題——
「創也有沒有喜歡的人？和亞久亞感覺不錯喔！」
創也搖頭，並沒有多說話。他似乎滿感傷的，我就不繼續追問了。
話題轉到家人上。
「內人，你爸做什麼工作？」

「平凡到不能再平凡的上班族，不時抱怨加班太累或貸款壓力大——沒有討厭的意思。」

我回答，心裡很猶豫要不要問創也有關他爸爸的事。

以前聽創也說過龍王集團的董事長是他奶奶，總經理是他媽媽。

那他爸究竟在幹嘛？可以問嗎……？

正當我猶豫不決時，創也自己先開口。

「我爸偶爾才回家，雖然不知道他在做啥，不過我很尊敬他。」

原來如此。

火光映照出創也的臉，與平常的冷淡不同，像個小孩子一樣。

「媽媽或奶奶都不把爸爸當一回事，我卻覺得爸爸很屌，他一定是不肯依靠龍王集團。而且，他打算過幾年後，打造出比龍王集團更強的企業，我爸志氣很高。」

創也說得起勁。

火花啪茲啪茲地響。

我開口道：「創也是不是同樣討厭依賴龍王集團？」

「創也？」叫他也沒反應。轉頭一看，創也早在不知不覺中睡著。

「……」

不時還聽見誤中圈套的慘叫聲，可是整體來說，山上的夜晚非常寂靜。

我拿一張報紙蓋在創也身上，自己也躺下睡覺。

第三部

遊戲後整頓

01

中午——

村公所遺址上，響起自動播放的午砲。

即使村中已沒住民，午砲仍未中斷過。

既然是自動播放，沒有住民也不會影響。只要電池有電、裝置未損壞的情況下，機器就會繼續運轉。

「……結束了？」

「啊啊……Game over了。」

創也回答，臉上滿是泥巴，我的臉也好不到哪去。

之後，全體玩家在民宿餐廳集合。

森脇和金田先生坐在桌邊，兩人都沖過澡，顯得神清氣爽。

柳川泡了兩杯咖啡給他們。

「我要卡布奇諾，糖加多一點！」

坐在金田先生旁邊的麗亞舉手發言。

「公主，糖分攝取過多容易發胖。」

麗亞把朱利爾的話當耳邊風。

「不是公主，叫我姊姊！」

「遊戲已經結束，可愛弟弟的角色也跟著終止。」

朱利爾咬牙切齒地說。

「所以，我們的親子關係也可以恢復。」

堀越導播伸手要摟女兒的肩，卻被躲開。

亞久亞坐在與眾人有些距離的地方。

神宮寺雙手環胸，靠在入口處附近的牆壁。

創也就在正中央，我則跟在他身旁。

我們也沖過澡，換上乾淨的衣服，洗掉滿身的疲憊，心情大好。

唉，好不容易有機會來新民宿，卻沒有一次睡在床上……

昨晚露宿森林，前晚昏倒在餐廳地板。

……好一個快樂的三連休。

這時創也開口：

「It's a showtime!」

「『終極ＲＰＧ——ＩＮ塀戶』所有關卡正式宣告結束，從現在起，是決定遊戲勝敗的時間

——由我代表全體玩家發言，各位有異議嗎？」

全場鴉雀無聲，沉默等同贊成，創也行個禮後繼續說。

「首先，要確定各位玩家的現狀。柳川、麗亞、朱利爾、堀越父女檔，全被外星人寄生，有說錯嗎？」

創也話裡提到的人無不頷首。

「金田先生，我就當你棄權，可以嗎？」

「啊啊，抱歉，老人擅自決定棄權。」

「站在金田先生的立場，我也會幹同樣的事。」

金田先生道歉，創也以手制止。

「剩下三人——我、內人、森脇先生若也被寄生，獲勝者即為全體玩家。」

突然，森脇先生舉手。

「我也被寄生。話說回來，被外星人寄生，真不是普通的難受。這輩子不想再喝第二次加鹽的咖啡。」

「比摻砂糖的味噌湯好多了。」

堀越導播說。

不論哪一種味道，光想像就夠噁心了。

大家的視線都集中在我身上。

我搔搔頭說：

「不好意思，我沒被寄生。」
聽到不少人的嘆氣聲，彷彿犯了滔天大罪，我瑟縮一下。
「不，就算你們被寄生，也不會獲勝。為什麼？因為二階堂卓也沒有被寄生。」
神宮寺說。
「但是，卓也不在。」
我反駁，神宮寺搖搖頭。
「還是不算，春子將二階堂列入玩家之一，他到底在不在沒有關係。」
創也點頭贊同，繼續往下說。
「確認一下，沒被寄生的地球人，只要揪出外星人的真面目，這場遊戲仍算所有玩家勝利吧？」
被創也一問，神宮寺點頭稱是。
「屆時，一定要讓外星人好看。」
神宮寺再次默許。
創也露出滿足的神情，再次開口：
「遊戲開始不久，我就知道『終極ＲＰＧ——ＩＮ塀戶』與兩個外星人脫不了關係。」
我用手肘頂創也，悄聲地問：
「數外星人用『一個人、兩個人』正確嗎？」

——徹底被漠視。

「很久以前有外星人造訪塀戶村——歐魯德這名字，已獲得正式的承認，就如此稱呼。」

關於這點，神宮寺非但不認同，還將頭扭一邊。

「歐魯德以意識體的形態來到地球，長時間的宇宙飛行，致使肉體毀滅——相當科幻。」

被創也稱讚，麗亞樂陶陶。

「聽到沒？科幻、科幻。」

雖然她說得興奮，然而周遭的人卻毫無反應。

麗亞繃著臉，從包包掏出泡泡糖，丟進嘴裡。

「見到歐魯德駕駛的飛碟，村民過度驚訝，於是才有龍神傳說流傳至今。」

創也滔滔不絕地說。

「歐魯德幾百年來，靠著不斷寄生而活下來。這段期間，他努力製作飛碟，以期能回歸母星。風神的屏風有個洞窟，我跟內人曾在那看過飛碟，也看到外星複製人培養皿。實際上製作飛碟的，應該是複製人。」

「很科幻，對不？」

麗亞說，所有人仍舊噤聲。

「龍王，停一下好嗎？」

堀越導播打斷創也。

「嗯……我在被寄生之後，偷偷跟蹤你們，也看到洞窟裡的飛碟，你說的培養皿——那個也看見了。」

喔，原來當時的腳步聲是堀越導播。

一旁的堀越美晴小聲地說：

「複製人培養皿、複製人。」

科幻對堀越導播而言，似乎衝擊太大。

「看到了複製人培養皿，我想問，那個，那……真的是外星人製造的東西嗎？」

堀越導播誠惶誠恐地說。

我也在心中附和，他所提出的問題，同樣困擾著我。

「如此巨大的飛碟及複製人，真人版角色扮演遊戲的世界，不可能做得出來。即使辦得到，洞窟也沒有那麼大的空間藏匿。想一想，他們會是真正的外星人嗎？」

堀越導播望向栗井榮太一行人。

神宮寺嘴角上揚，仔細聆聽。

創也露出哀傷的神情。

「糟糕，堀越導播——針對笨拙的問題，只有笨拙的答案。」

然後，高傲地說：

「那並非真正的飛碟，而是朱利爾做的模型。」

模型！
朱利爾確實有在餐廳製作飛碟模型。
「不過，模型直徑只有三十七公分，跟洞窟中看見的超大飛碟，感覺不像同一個東西。」
我說，創也搖頭。
「同一個，內人。」
「可是……大小差太多了吧。」
我企圖反辯，創也明快地說：
「我們透過岩縫看到飛碟，那個岩縫其實嵌有放大鏡，小飛碟看起來就變得巨大無比。」
「……」
「而且，旁邊沒有東西可以比較大小，如果模型旁有香煙盒就好了。」
「為什麼要香煙盒？」
創也聳肩。
「比較大小時，一般都會使用香煙盒，這是常識。」
……是嗎？
常識的範圍真廣，我忍不住渾身顫抖。
「複製人培養皿呢？你說那也是模型嗎？」
堀越導播側著頭問，創也回答：

「沒錯，就是模型，複製人培養皿實際上也不大。另外，果凍狀的物體——當然不是外星人的複製品，其實是玉米粉。」

玉米粉？

腦中浮現俄羅斯玉米粉先生向我揮手，頭上那頂帽子，真是羨慕死我了。

創也冷冷地看著我。

「誠如大家所知道的，這裡的玉米粉，不是內人認識的俄羅斯人，是玉米提煉出來的澱粉，將它溶在水中塗在喇叭上，藉由振動便能重現我們所見的複製人培養皿。實際來做看看——可以給我一些玉米粉嗎？」

創也詢問柳川。

「為什麼對著我說？」

「耶？玉米粉就堆在廚房角落，我想那一定是為了製作複製人培養皿而準備。」

「……」

「難道是要用來做菜，請問做什麼菜？」

「等一下要做Blancmange。」（Blancmange日文發音為BURAMANZIE）

柳川笑著說。

創也微低著頭。

我小聲地跟創也說：

「我喜歡肉包，跟他說的豬肉包，是同一種東西嗎？」（豬肉包日文發音為BUDAMANZYUU）

「不是豬肉包，而是法式甜點的一種。」

「……」

「懂嗎？」

創也把我當笨蛋。

「Amigo！」

我以這個回答混過去。

創也搖頭嘆息。

「回歸正題，前晚另一台飛碟墜落，駕駛的外星人，一致公認叫『紐』。」

神宮寺再次把頭撇開。

「紐與歐魯德相同，皆為意識體，我們也偷跑到現場去，當時現場有柳川、堀越導播、金田先生和遊戲王神宮寺。」

「之後我也去了一趟。」

森脇先生插嘴。

創也點了點頭。

「回到民宿，我們在餐廳被歐魯德攻擊，他還露一手控制重力和念力的特技。除了我們，還有人被襲擊嗎？」

創也問，堀越導播舉起手，

「把我嚇壞了，一身黑的外星人，不曉得操作啥機器，突然失去重力，蘋果就浮在半空中，真的把我嚇壞了……」

「在哪裡？」

「就在餐廳，剛好肚子有些餓，到這來找東西吃，結果遇到外星人。我被黑影嚇傻，手中蘋果不慎滑落，可是卻沒掉在地上。」

講到這裡，堀越導播臉上表情轉而嚴肅。

「那是真的外星人吧，以地球現今的科學，還辦不到控制重力。」

創也點頭附和，

「一如堀越導播所言，目前仍做不到控制重力。然而，我可以讓無重力狀態重現。」

耶？

「真的假的？」

我半信半疑地問。

「包在我身上，你回想掉下水井的情景。」

水井……？

啊啊——！

腦中浮現外星人搭乘愛因斯坦假想的電梯，向我揮著手。

「譬如說，乘坐墜機的人們，與被切斷電線的電梯裡面的乘客或跳傘的人，即使蘋果離開手上，那顆蘋果也不會掉落。——正確來說，雖然一起往下掉，但看起來像浮在空中。換言之，自由落體下的人們，便能體驗無重力狀態。雖說是自由落體，卻一點都不自由。」

我開始在腦中模擬想像。

嗯，創也說得一點都沒錯。不過，他的說明中，出現一個大漏洞，那是——

「我們待在房間裡，而不是墜落中的飛機。」

「當然不是飛機，這個房間本身就是部電梯。」

創也以腳輕敲地面。

「地板下挖了個深約幾百公尺的洞，歐魯德一按按鈕，整個房間便會落下。」

「那時，房間一片漆黑，你記不記得？之所以變黑，是因為掉進洞裡。」

耶……

創也所說已出乎常識範圍，我無法想像。

在此就以圖解打混過去吧。（參照下頁圖）

「自由落體時，掉落底部並與之衝擊，裡面的人會立刻死亡。所以本來垂直向下挖的洞穴，在幾百公尺下轉為緩衝斜坡，進入水平洞穴。來到橫洞，整個餐廳也跟著打橫。橫洞鋪設螺旋狀的軌道，這個房間猶如通過槍身的子彈般不停回轉，最後緊急煞車。房間內的人或未固定的物品，不是撞牆就是撞天花板。」
原來如此……
我還以為是外星人的念力，造成那樣的狀態。
我推推眼前的桌子，毫無動靜。
何以餐廳桌子要固定起來，理由我現在了解。沒有固定的話，房間東西亂滾，十分危險。另外，這也是家具不多的原因。
「某個主題樂園有個與這相似的遊樂設施，民宿就是從那得到靈感的吧。」
神宮寺馬上回嘴。
「喂喂，別將栗井榮太看扁。『終極RPG——IN塀戶』的設計圖比某主題樂園早三年完成。」
「對不起，失敬。」
創也深深一鞠躬。
「但是，創也——」
我仍然不甚了解。
「餐廳與電梯一樣落下，這點我怎麼想都想不

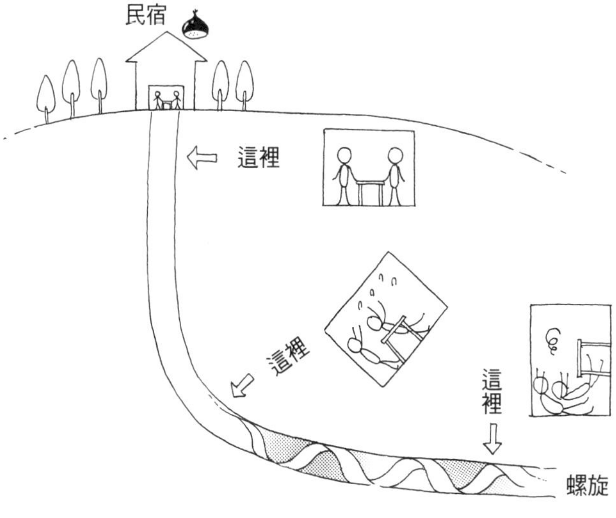

通……」

「不要對自己的判斷力過於自信。」

創也回以冷漠的口吻。

「當身在靜止不動的火車時，旁邊的火車若發動的話，感覺自己這台好像也跟著在動，你可有這種經驗？」

……有。

「假如這裡是電梯的話，說不定有人會覺得，是因自由落體而形成無重力狀態。人類的常識認為，電梯是上下移動的物品，而不相信房子會掉落。所以，無法想像——那是心理上的盲點。」

說得對極了，嗯，透過現在的說明，我總算能理解。

堀越導播雙手抱頭，懊惱地說：

「我一直以為真的有外星人存在，很拚命地要增加同夥……」

「白忙一場。」

創也一句話就否定堀越導播的苦心。

燒成灰燼的堀越導播。

定睛一看，臉上、手腕留下彈性繃帶與紅藥水的痕跡，那是昨晚企圖寄生我們，被陷阱所傷的證明。

接著，換神宮寺發言：

「該來問問重點問題，歐魯德的真面目是誰？」
「之前我不就講過，民宿主人——柳川。」
「理由呢？」
「先假設歐魯德是村中居住的人之一，住在村裡的，只有柳川和亞久亞兩人。換句話說，他們其中一人是歐魯德。」
創也看著亞久亞。
「亞久亞並非歐魯德，喝過她泡的茶，味道極為普通。若是歐魯德的話，怎可能放過寄生的大好機會，搞不好會在茶裡加青汁。」
全體人員注視著柳川。
「沒錯，歐魯德的原形，正是柳川。」
啪！
柳川單手捏碎麥克杯。
「不要動！可惡的外星人！」
堀越導播離開餐廳，再回來時手中多了條繩子。
我還在猜測堀越導播的用意時，他已將柳川捆在椅子上。
「那個……遊戲已經完結。」
麗亞阻止堀越導播，但殺紅眼的他，早已聽不見任何聲音。

「很好！」堀越導播滿意地擦拭額頭的汗水。

柳川連人帶椅躺臥在他腳邊。

「……這樣不會太過分嗎？」柳川望著神宮寺。

「很像堀越個人的行事作風。」神宮寺掏出手帕擦汗。

「再來說說紐的真面目。」

「這個嘛——」

我興奮地等待創也開口，誰知——始終站立說話的創也，卻坐在椅子上。

「接下來交給我的朋友——內人，內人，拜託你了。」

「耶——！」比起突如其來的小考，更讓我感到驚訝。

「什麼？」驚慌失措地問創也。

「你沒在聽嗎？請你揭露紐的原形。」

「為什麼是我？」

創也微笑不語。

……完蛋了。

扮演偵探不都是創也分內的工作嗎？

02

「內人，幹嘛緊張成那樣。」

腦海中出現奶奶的身影，她說。

「我從來沒幹過偵探這角色，沒辦法。」

奶奶搖頭。

「內人，想想以前跟奶奶入山的情景。」

山？

跟偵探有何相關？

「設陷阱時，我教過你什麼？」

這麼一問，我想起來。

「把自己當成獵物，假如自己是獵物，會採取啥行動，會想要做啥——站在獵物的立場考慮考慮，這是奶奶教的。」

我回答，奶奶慈祥地微笑。

「你說得很對。」

「可是……與扮演偵探有何關聯？」

「你是創也的朋友，以他的角度來思考。」
「說起來簡單……但我行嗎？」
「當然行，因為你們是好朋友。」
留下這些話，奶奶便離去。
「啊啊，有件事忘了。」
奶奶回頭對我說：
「偵探解謎時，一定先說『那麼』，之後才進入正題，你也試著模仿看看。」
——奶奶，感謝妳。
我懷著感恩的心情，目送奶奶離開。
「怎樣，內人？」
我突然呆掉，創也搖晃我的肩膀。
撥開他的手，我道：
「請勿替我擔心。」
「……」
創也臉色超級難看。
我有說什麼話讓他不爽嗎？
我伸手摘掉創也的眼鏡。

「歹勢，請借我一下。」
戴上酒紅色鏡框的眼鏡，鏡片沒度數，所以視野不會改變，但總覺得好像變聰明了。
「你打算做什麼，我心裡很清楚，你應該可以猜測到我有多不悅，趁現在讓我揍一拳。」
創也眼中燃起熊熊怒火。
「野蠻一點都不適合你，暴力無法解決問題，歷史也證明這點。」
我雙手一攤。
創也索性保持沉默。
我開口：
「那麼——」

「有關紐的原形，我們一一檢視可能的人物。」
我伸出食指，看到此動作的創也冷哼一聲。
不鳥他，我繼續說我的。
「首先，去墜落現場的人——柳川、金田先生、堀越導播及神宮寺，森脇先生後來也趕到現場。」
看向森脇先生以示確認，他點點頭。
「金田先生被排除在外，因為他退出『終極ＲＰＧ——ＩＮ塀戶』，若他是紐的話，神宮寺怎可能輕易放過他。」

金田先生與神宮寺紛紛點頭大表贊同。

「再來，也排除柳川，根據創也的推理，已經證明他是歐魯德。」

我感恩地拍創也肩膀，他嫌惡地躲開。

「都承認我是歐魯德了，拜託放開我……」

柳川說，大家都不願解開他的繩索。

廢話，現在又不是搶救犯人的時刻，是名偵探揭開謎底的關鍵場面！

我再次開口，

「剩下森脇先生和堀越導播，在此希望大家回想一下，森脇先生一開始說過的話：『我也被寄生！』」

盯著森脇先生。

「啊啊，喝入加鹽的咖啡時，遊戲王告訴我的。」

我認同他的話，繼續道。

「換句話說，他並非寄生者——紐，這麼說來只剩下一個人——」

我擺個手槍的姿勢，帥氣地指向堀越導播。

「喂，我不是紐！」

「真不巧，堀越導播。不，外星人紐——」

我嚴厲地說。
身體不住發抖，堀越導播一直往後退。
我又指向柳川。
「如今我才理解，堀越導播捆綁柳川的苦心，犧牲自己的同伴，博取大家的信賴！」
事情已水落石出！
搞了半天，其實偵探也不難當。以後，不妨三不五時跟創也交換，偶爾客串一下。
然而，一旦演變至此，創也便失去存在的價值。
有何不可？
到那時，用「都市冒險王」的書名來寫新的系列。
堀越美晴拿來繩索，準備捆她爸爸——
平常的親子關係令人質疑。
此時，陷入恐慌狀態的堀越導播，叫了一聲。
「喂，我也被寄生了，喝下摻砂糖的味噌湯——對吧，遊戲王？」
堀越導播問神宮寺。
神宮寺點頭附和。
耶……所以……
「堀越導播不是紐。」

創也冷得跟冰一樣地聲音。

「內人的推理實在錯得離譜。」

「……」

我直盯自己的右手，隱約在顫抖。心理的動搖，完全反應在手上。

不，還沒結束！

再給我一次機會！

……不過，既非堀越導播的話，那麼紐會是誰……

我再一次回想墜落現場的人。

果然讓我想到一個人，恰好符合所有條件。

「呼、呼、呼……」

一陣輕笑過後，我環視大家。

「剛才只是小小的暖身，現在讓你們瞧瞧我真正的推理實力，紐的真面目——」

我用力伸出食指，

「你！」

指著神宮寺。

創也一副被我打敗的表情，臉埋在手心。

……耶？錯了嗎？

「喂喂，我是遊戲王。我如果是紐的話，嚴重違反遊戲規則。」

神宮寺手指搖了搖。

「違反遊戲規則？」

我問創也。

創也默不作聲地點點頭。

什麼——！

那不就是沒有紐這角色……

再努力想想當時現場的狀況。

柳川、堀越導播、金田先生、神宮寺與森脇先生——大家都不是紐……

那些人中沒有紐……

咦？

待在墜落現場的人——是誰偷窺他們？

我和創也。

所以，創也跟我也包括在內。

我又沒被寄生。

那樣一來……

我手指向創也。

「紐是創也？」

這句話少了剛才的自信，多了膽怯。

創也啞然地聳肩。

「反應有夠遲鈍。」

「超想對你注射麻醉針，講一堆亂七八糟的妄想，讓我替你捏把冷汗。」

創也投以銳利的眼光。

我的推理竟被講成「妄想」，可悲！

「可惜沒帶蝴蝶型變聲器，只好忍痛放棄。」

是……想說啥儘管說，我沒有反駁的餘地。

不過，有些疑點要讓我釐清。

「創也，你幾時被紐寄生？」

我問。

「從懸崖上觀察墜落現場時，為了找尋裂縫的去路，渾身是傷。那時遇到神宮寺，他拍打我的肩說：『抓到你了。』——見我一頭霧水，他連忙解釋，『你剛剛被巴歐寄生，接下來好好扮演你的角色。』當我了解『巴歐』是造訪者的意思時嚇了一跳，我還拿到裝進小袋子的鹽、砂糖和胡椒。」

「遊戲王可以這樣參加遊戲嗎？」
閉上眼，創也吐了一口氣。
「沒辦法，紐只是意識體，遊戲王不靠嘴巴說，就不會有人被寄生，遊戲便無法繼續進行。」
「再問你一件事，創也，你為什麼不打算寄生我？」
「我有！」
創也生氣地說：
「試過幾百次了，誰知道你走啥狗屎運，我動過手腳的食物，一口都不吃，了不起！」
是喔。
嗯，不記得有這種事。
「我想，山中肯定有東西庇佑著你，所以中途我就放棄了。而且，我無法讓卓也被寄生，又不是不要命。」
我心中暗自感謝奶奶。
「因此，我希望身為最後一個地球人，你能好好努力。只有你揭露紐的原形，被寄生的人才能獲救。」
原來……
我竟肩負著如此重大的任務……

身體開始微微發顫。

「不過，『終極ＲＰＧ——ＩＮ塀戶』這場遊戲，以玩家大獲全勝收場，這是很好的結局啊。」

我說，只見神宮寺搖搖頭。

「遊戲尚未結束。」

咦？還有什麼？

「還差跟揭開真面目的地球人認輸。」

說完，神宮寺眼睛直勾勾地望著創也。

我認真思考。

創也被紐寄生，這說明——

・若全體玩家沒被寄生，創也便為輸家。

・玩家全被寄生的情況下，雖然是玩家贏得勝利，可難免殘留些許不甘願。而且還要讓卓也被寄生，但他被寄生的機率近乎零。

・原形畢露的狀況，一定要認輸不可。

——綜合以上各點，創也被紐寄生，對他十分不利。

嗯，顯然腳本有精心設計過，無論結局如何，都教創也心生不甘。

……未免太狡猾了。

「喂，趕快認輸。」

神宮寺一步步逼近創也。

「……」

冷汗緩緩從創也臉頰流下。

「啊！」

無路可退，創也低下頭。

然後——

「我輸了。」

聲音細如蚊子叫。

「很好！」

神宮寺與朱利爾相互擊掌，被綁在椅子上的柳川，也露齒微笑。

麗亞無奈地嘆息。

03

是勝是敗，雖然殘留著遺憾，「終極RPG——IN塀戶」總算宣告落幕。

呼……

該收拾東西回家囉。

我動身前往房間打包時，創也仍站在原地不動，莫非所有行李都要我整理？

「還沒結束，給我坐下，內人。」

耶？還沒結束……？

我雖然不解，仍然坐回原位。

創也開口，

「那麼，我們現在來去除程式病毒。」

病毒……？

「抱歉，龍王，因為我這種玩家的關係，搞砸了精心設計的遊戲。我會負全責，你說該怎麼辦才好？」

金田先生看看大家，微微起身。

「不關金田先生的事，沒有金田先生，我也得不到雷神屏風遺跡的情報，你是『終極RPG

——IN塀戶』裡相當重要的角色。」

創也的眼睛一一掃過餐廳所有人。

「病毒跟遊戲本身無關，指的是角色偏離遊戲主題所採取的行動。第一天晚上，病毒放火燒農具棚，打算燒死我和內人。昨天，則把我們推落井底，監禁我們。幸好井底有枯葉，不至於受傷，這是我們第二次遇害。」

「……」

「遊戲王神宮寺說，遊戲進行中『沒有生命危險』。病毒所有的作為，顯然違背遊戲規則。」

「但是……」

我問創也：

「為什麼要取我們的性命？」

創也就算了，我可是潔身自愛的乖寶寶，實在不曉得那裡得罪人。

嗯？創也就算了……

對，我明白！

「卓也正是病毒！春子說卓也會參加，卓也以病毒的形式，參加遊戲。」

我說，創也搖頭否決，想太多嗎，他那張臉有夠慘白。

「卓也不是病毒。」

聲音也在顫抖。

「用大腦想想，如果被卓也鎖定的話，我們早就死了。不用放火燒農具棚，他可以連人帶屋一起摧毀。」

……說得也對。

「況且，我不記得哪裡得罪過卓也。」

我愣愣地看著創也。

一臉不可思議的創也。

「幹嘛？」

「你還真敢講——」

我一說完，創也立即冷哼一聲。

既然不是卓也，那到底是誰？

我臉上寫滿問號，創也說：

「病毒並非『終極ＲＰＧ——ＩＮ塀戶』單純的玩家，來塀戶村另有企圖的人是——」

創也伸出食指，

「你。」

對準森脇先生。

全體沉默了一段時間。
堀越美晴偷偷換了個遠離森脇先生的位子。
不小心弄出聲音，森脇先生恰巧開口說話：
「為何說我是病毒？」
森脇先生歪著頭。
「啊啊，我知道。那個導播是你們的朋友，女性跟老人又無法在深夜的山中跟蹤你們——理所當然，我便成為病毒。」
說罷，點燃一根香煙。
「隨隨便便就指控我……那邊的神宮寺以及被綁住的柳川，他們都能輕易地跟蹤你們，不是嗎？」
創也搖搖頭。
「不只那樣，我聽內人說過你初來村裡的事情，那時開始，我就認為你並非單純來玩遊戲。」
「哼，耍白痴喔……」
森脇先生皮笑肉不笑。
我不禁對創也感到愧疚。
初遇森脇先生時，他沒做什麼奇怪的舉動。反而是倒立的我，看起來比較怪。

「請問森脇先生，你到塀戶村有何目的？」

「問什麼屁話，當然是來玩『終極ＲＰＧ——ＩＮ塀戶』啊。」

「從哪裡得到訊息？」

「網路。」

「第一次到塀戶村嗎？」

「嗯。」

森脇先生點頭表示。

創也同樣點頭。

「從你的答案中，我已經了解，你說謊。」

森脇先生浮現一抹淺笑。

「當面指責別人說謊很不應該，你可有證據？」

「嗯，剛才你說，你第一次到村子來，這就是謊話，你以前曾經到過這裡。而且，你也知道『栗子民宿』的正確地點。」

「證據拿出來。」

「你完全沒看地圖，看過這張地圖的人，大家都會走錯路，走到墓場遺址。然而，你卻沒有搞錯，只能說，你事前就知道路了。」

「……知道隱者之紫（出自漫畫《JoJo奇妙冒險》）這種超能力嗎？」

森脇先生話裡參雜一絲苦澀。

但，創也並不理會。

「既然你無法提出有力的反駁，針對你曾經到過塀戶村這點，請繼續講下去，何時來過？」

創也看向亞久亞。

「只要有不認識的人來，妳立刻能分辨？」

亞久亞點了點頭。

「不過，我兩年前才回到村裡，在這之前的事，我不甚清楚。」

「無所謂，森脇先生知道民宿的位置。換言之，你第一次造訪塀戶村，並非很久以前。」

森脇先生沒作聲，靜靜聽創也說話。

「所以，森脇先生是以『終極ＲＰＧ——ＩＮ塀戶』的建築工人身分來到這裡——有錯嗎，森脇先生？」

森脇先生覺悟地攤開雙手。

「是，我承認，說得一點都沒錯。可是，殺害你們與說謊騙人無關吧？」

森脇先生直視創也。

「我和你們是初次見面，不可能殺害陌生的國中生。」

懂嗎？森脇先生的笑容彷彿如是詢問。

「你的目標，是這個吧？」

創也從口袋掏出一樣東西。

那是從井底橫洞裡撿來的石頭，如此重的石頭，竟能留到現在。

「我對石頭沒興趣。」

創也走到森脇先生跟前，拿石頭用力敲擊餐桌。

鏗！

一陣激烈的聲響，石頭表面脫落。

「這樣還沒興趣嗎？」

脫落的地方，露出金色光芒。

「你企圖殺人，奪取金塊對不對？」

創也把偽裝成石頭的金塊，擺在森脇先生眼前。

「你知道落難武士帶著寶藏，逃到塀戶村的事情。並且，寶藏仍下落不明。」

創也面對森脇先生說。

「在村裡工作的同時，你一面調查，無奈卻怎麼也找不到。眼見工作也告一段落了，你很焦急吧，明明工作已經結束，還在村裡逗留的話，很容易讓人起疑心。」

「……」

「那時，你得知『終極ＲＰＧ——ＩＮ塀戶』即將舉行的資訊，興高采烈地來到村子。打算邊玩遊戲，邊找寶藏。」

森脇先生對創也所說的話毫無反應，低下頭，死命盯著桌上的金塊。

「前晚，我們在帳篷內說出風神屏風那裡有個洞窟，因此不斷尋找寶藏的你，便以為寶藏藏在那。」

「……」

「而只有我跟內人率先發現洞窟，你打算殺了我們，找到寶藏後，將洞窟入口塞住，獨享寶藏——沒錯吧？」

「停！有問題！」

我舉起手。

「塞住洞窟入口，說起來簡單，做起來卻相當困難。沒有起重機，徒手辦不到吧？」

「雖然沒起重機，但森脇先生有火藥——是不是，森脇先生？」

森脇先生答不出來。

「火藥……該不會村子出入口的土石崩塌……」

「森脇先生幹的好事。」

是喔……

創也又將話題拉回來。

「你的計畫全盤混亂，不但我們沒死，洞窟也沒有寶藏，對你來說是一大打擊。」

創也說的話，我並不了解。

為了不確定的寶藏，如此大費周章？

更何況，連人都能殺……

我對創也說：

「但是……落難武士擁有寶藏，這只是傳說吧。跟都市傳言一樣，不可能有人相信，甚至還殺人，多荒謬！」

這時，出乎意料之外，森脇先生居然開口，

「挖掘出特洛伊遺跡的蘇力曼，不也說過相同的話。」

說著，舉起桌上的金塊，問創也，

「在那裡找到的？」

「你推我們下去的那個水井中的橫洞，有個祭拜八尊地藏王菩薩的地方，就在那。」

被創也一說，森脇先生點頭回應。

創也繼續道：

「金塊塗上類似膠水的東西，再以細砂黏合，若只以手拿，不會明白。」

喔……難怪特別重，原來竟是金塊。

森脇先生看著金塊，有感而發地說：

「那個水井，我不知調查過幾百遍。見到八尊菩薩時，直覺告訴我一定在這……沒想到，地藏王菩薩腳邊的落石，是金塊……」

又將眼神移到創也身上。

「一個國中生，觀察力卻如此優秀，真教人恐懼。我若有你那麼聰明的腦袋，人生也不會如此。」

森脇先生兩手一攤。

「剛才你說我的計畫混亂，現在我來修正計畫。」

森脇先生起身。

「我已經知道寶藏的下落，雖然人數增加，不過沒關係，我有得是子彈。」

森脇先生舉起黑得發亮的手槍。

「全部的人到牆角排成一列！」

04

槍口瞄準我們。

可是，我依舊氣定神閒。

以手肘頂頂身旁的創也，說：

「別賣關子，快點。」

創也呆呆地回望我。

「什麼？」

「快，對策、對策！」

說到此，呆呆的臉上毫無反應。

「創也，你不是已經指出病毒是森脇先生。他當然不可能乖乖就範，你看他槍都掏出來，所以我叫你趕快拿出對策。」

這時，創也才恍然大悟，雙手互拍，然而，

「沒有。」

果斷的回答。

耶？……耶！

「解開謎題，我的工作早已完成。電影或小說中的偵探，一旦揭開謎底，犯人都會悔恨的哭泣，然後說：『我會去自首。』不都這樣？」

創也不知羞恥地說，沒有責任感的說詞。

我的頭開始疼痛，問：

「是不是要將犯人逼到靠海的懸崖？」

創也點點頭。

「但是，偶爾也有不知死活的犯人啊？」

「嗯，那個時候，警方多半會在一旁待機，適時抓住犯人。」說得對。

「請問這邊哪裡有待機的警員？」

聽到我這麼說，創也看看左右。

接著搔搔頭。

到現在為止，我不知跟創也說過幾百次。

「你這個莽撞的大笨蛋！」

「與朋友的最後談話，結束了嗎？」

森脇先生問。

有幾個地方要訂正一下。

第一，我不想跟這位「莽撞的大笨蛋」做朋友。第二，「最後」的部分，這地方若不改正，我非死不可……

跟森脇先生眼神交會，他眼露凶光看著我們。

「那麼，再會了。雖然時間很短暫，不過這段時間我很開心。」

那一瞬間，堀越導播插嘴道：

「等一下！」

「你肚子餓了吧？」

「是啊，都這個時間了。」

森脇先生不經意地往窗外一看。

山上天黑得很快，外面已被黑暗包圍。

被堀越導播一說才想到，我和創也到現在都沒好好吃過一餐。

堀越導播繼續說：

「住在帳篷內，應該只能吃些有的沒的，弄點像樣的晚餐給你吃，要殺我們，也等吃完飯再說。」

「嗯……」

森脇先生沉思。

「不用麻煩，殺了大家後，我自己來做飯。」
「不不不不——」
堀越導播激動地揮手。
「自己做飯自己吃——好寂寞喔，讓民宿老闆弄頓好料，給你飽餐一頓！」
堀越導播蹲下，欲幫被捆綁的柳川解開繩索。
這招不錯，堀越導播！
柳川可是被卓也認證過的格鬥好手，即使對方有槍，三兩下也被撂倒。
就在堀越導播手正要觸碰繩索時，
「停。」
槍口轉為對準堀越導播。
「那個柳川，很能打吧，可以不要解開他嗎？」
……被料中。
堀越導播想出的絕妙點子，瞬間無用。
不對。
是誰綁住柳川？是堀越導播。假如他沒有這麼做，大家不會陷入慘狀。
我對堀越導播的好感度立即下降。
沒有用的傢伙！

我瞥了神宮寺一眼。

神宮寺縮縮肩。

「我只負責動腦。」

……收到。

又多了一個不管用的人。

啊，對了！

這裡是餐廳，可以使用重力控制，突如其來的自由落體，森脇先生便無法開槍。

我以眼神示意神宮寺，使用重力控制。

「啊？」

神宮寺側著頭。

相反的，森脇先生對我說：

「奉勸你最好放棄使用重力控制，你也知道，我曾經來這裡工作，這裡的一切，我再熟悉不過，控制重力對我起不了作用。」

「……」

緊接著，森脇先生掉頭向堀越美晴說：

「小姑娘，不好意思，麻煩妳幫我做飯。」

「我……平常不太煮飯……」

「隨便弄點什麼都行。」

森脇先生答。

雖然情形惡劣，但我真羡慕森脇先生，能吃到堀越美晴親手做的料理。

「我也是女生，一起來幫忙！」

麗亞跟在堀越美晴身後，正要走入廚房。

「喂！妳給我待在這裡！妳不用雞婆！」

森脇先生發自靈魂深處的叫喊。

「根據我得到的情報，妳做的菜可與毒藥匹敵。好不容易才將寶藏到手，我還不想死！」

「什麼意思！」

麗亞的指甲並未塗上紅色指甲油，而那十根手指頭已經就好戰鬥位置。

「妳敢靠近，我就殺了妳的同伴！」

森脇先生的槍口，指了指神宮寺和柳川。

麗亞不敢再放肆。

「那邊的小朋友，你去幫忙。」

森脇命令朱利爾。

「我先聲明，我不希望有莫名其妙的東西加進食物裡。」

朱利爾回頭，臉上沒有表情。可是，眼神毫不猶豫，透露出為了活下去，不惜犧牲任何人。

「我知道你是什麼樣的人，飯一做好，先讓你嚐嚐有沒有毒。」

「……」

朱利爾沉默不語，離開餐廳。

創也舉手問森脇。

「你似乎掌握不少情資，請問你是如何弄到手的？」

「國中生大概不能理解，世上竟有販售企劃的組織。」

我與創也互看一眼。

是「頭腦集團」……

「我拜託他們擬定一個尋寶企劃，雖然半是開玩笑，但還真的辦到了，他們將各種情報和企劃書一併交到我手裡。」

真糟糕，希望下次頭腦集團能先看看買方，再決定是否做他生意。

神宮寺聳聳肩。

「不僅栗井榮太，連每個玩家的詳細資料都有，不可思議。」

創也乘勝追擊。

「那個賣企劃給你的組織叫什麼名字？」

「名字喔……」

森脇先生試著回想。

「想不起來，就算告訴你名字，你還是得死，有差嗎？」
森脇先生的嘴角上揚。
我身旁的金田先生，身體不由自主地僵硬，我靜靜抓住他的西裝衣袖。
小心不被森脇先生發現，用手指在他背後寫字。
（不行 太愚蠢）
金田先生也在我背上寫字。
（槍 小 當盾牌）
森脇先生的手槍為小口徑，所以他說要以身體來當盾牌。
（不行 受傷）
金田先生看著我，我搖搖頭寫。
（我來）
金田先生嚇一跳，我強而有力地點頭。
「……」
金田先生正在考慮，我自信地朝他一笑。
金田先生寫。
（小心）
（收到）

（不是收到 是了解）

（……了解）

自信滿滿地對金田先生一笑，其實我根本沒有辦法對付。

因為不這麼做，這個老人不曉得會有多可笑的舉動。

總之，先離開這裡……

我突然「啊啊！」叫起來。

森脇驚訝地將槍口對著我。

「玄關口的花忘了換——所以，我可不可以先走一步？」

若無其事地問。

森脇先生溫柔地笑著點點頭。

「可以啊，你逃走的話，這裡所有人會一個接一個死掉。只想一個人得救的話，趕快滾離這裡。」

「……」

「而且，即使想逃，你要如何逃離村子？隧道口早已被我堵住，逃不掉。」

啊啊，對喔……

「那，我去一下廁所。」

「請、請。」

森脇先生爽快地答應我的要求。
自以為站在勝利的那方嗎？還是認為，只有我一個人變不出花樣？
經過廚房時，聽到堀越美晴跟朱利爾在吵嘴。
「怎麼回事？」
往桌上一看，碗裡放一顆生蛋。
朱利爾像是快哭出來說：
「這個姊姊說要拿生蛋給他吃，生蛋哪是一道菜！」
「所以我說我不常做菜！」
「也不該差到那種程度！」
兩個人不斷爭論。
朱利爾拿起平底鍋。
「我來炒飯，妳就弄一盤生菜沙拉。只是把生菜放在盤子上，應該會吧。」
朱利爾，辛苦你了。
我環視廚房周遭，玉米粉堆積在角落。
「請不要使用玉米粉，製造粉塵爆炸。」
朱利爾察覺我的視線一直停留在玉米粉袋，直覺很敏銳的小子。
「我們和你不同，不會有生命危險。如果你要做什麼的話，請選擇安全的方法。」

明明需要別人來拯救，朱利爾的態度依然如此囂張。這傢伙，果然跟創也很像。

是是，了解。

無奈之下，我抓了幾把刀子放進口袋——銀製的高級刀子。

「這裡使用的食器都挺高檔的嘛！」

我說，朱利爾答：

「willow很講究。」

原來如此。

在這裡先跟柳川道謝，若是使用無法通電的塑膠製品，那換我要哭了。

另外還要馬鈴薯和美乃滋，有胡椒粉的話，可以增加風味。

「你要做馬鈴薯沙拉嗎？」

朱利爾說。

旁邊的堀越美晴，兩手互握。

「好厲害喔，內藤！竟然會做菜！」

嗯，被奶奶訓練出來的。

然而，我並不是要做菜。

走出廚房來到廁所，途中經過櫃檯，順手取來蚊香和火柴。

看看洗臉台的牆上。
一面大鏡子，跟我想的一樣，鏡子旁果然有插座，大概是為了吹風機或刮鬍刀所設置。
很好，來搞些花樣！

「老師，今天到底要做——」
腦內助理直子小姐滿臉笑容地問。
我說：
「今天我想做，只有非常時刻才做得出來的東西。」
「非常時刻？」
「被探尋自我的旅人舉槍，甚至當作人質，且不能自己一個人逃生的時刻。」
「……相當殘酷的狀態。」
直子小姐掏出手帕拭汗。
「材料是三把食器用的刀、點火的蚊香。」
我順口唸出黑板上寫著的材料名。
「刀子最好選擇導電良好的銀製品，沒有的話，便宜的鐵製品也無妨。塑膠類等無法導電的東西，請注意不要使用。另外，戴上橡膠手套，便能安全地進行作業。」
直子小姐補充得好。

「蚊香要多長才好？」直子小姐露出困惑的神情。

「依據蚊香的不同而有所不同，不過最需考慮的是，判斷事態到底有多緊急。這次準備個五公分大概就足夠——相當緊迫的狀況。」

「懂了。」

「在這裡，告訴大家一個小知識——」我伸出一根手指，鏡頭轉向直子小姐。

「蚊香燃燒一公分的長度，約十分鐘。把這點記下來，非常有幫助。」

我在蚊香兩公分處略動手腳，這樣一來，二十分鐘後裝置便會有所動作。不久，我在插座前的作業完全結束。

「老師，這樣的裝置，如何？」

直子小姐的疑問。

我點頭表示這個問題問得好。

「短路之後，配電盤的斷路器掉落，將會立即停電。」

「陷入一片黑暗。」

我用力點頭說：

「沒錯——被黑暗包圍的一瞬間，即是關鍵時刻！」

「大家加油！」

直子小姐舉起一隻手。

05

我又重回餐廳，森脇先生看見我說：

「太慢了吧。」

「我拉肚子……」

我隨口編個理由，回到原來的座位。

手指在右邊金田先生的背上寫字。

（二十分後　停電）

金田先生點點頭，然後傳訊給隔壁的堀越導播。

我也將訊息傳達給左邊的創也。

（二十分後　停電）

創也點頭表示收到，他也同樣傳給隔壁的神宮寺。

完成反擊的準備。

剩下等待蚊香燃燒而已。

過了二十分——

森脇先生左手拿湯匙，吃起朱利爾做的炒飯。右手的槍，不敢大意仍對準我們。

我從幾分鐘前開始，把眼睛瞇成一條線，盡可能讓眼睛適應黑暗。（眼睛全部閉上，會讓森脇先生起疑心）

停電瞬間，我兩手拿著美乃滋與馬鈴薯大喊，「大家上！」

但是……森脇先生從口袋中掏出手電筒。明亮的光芒，將我們大家輪流照一遍。

「手電筒是尋寶時的必需品，我一直帶在身上。」森脇先生得意地說。

「所以，給我安分一點。等我吃飽就來處置你們，不用著急。」

森脇先生露出邪惡的笑容後，繼續吃飯。

「……」

大勢已去！我已經沒有招了。

此時，聽見不尋常的聲音，彷彿從地底傳來，光聽就足以讓小孩子哭泣的聲音。

「……有沒有壞小孩啊～有沒有壞小孩啊～」

「什……什麼？」

森脇先生左右環顧，拿起手電筒在房間內照來照去。

黑暗中，有個巨大的黑影站立在森脇先生背後。

黑影伸出一隻手，將森脇先生拎起來。

「哇──！」

一聲慘叫，被抓到空中，兩腳不停亂踢。

「哼！」

黑影把森脇先生扔到牆壁，撞擊聲響起，森脇先生再也無法動彈。

接著，撿起森脇先生掉落的手槍，除掉彈匣，還不忘拿走子彈，只剩槍身。

黑影看著我們。

是卓也，看起來像個黑影，因為泥土沾滿臉及一身黑西裝。

跟不眠不休去除土石流泥沙的工人差不多髒。

「卓也……怎麼那麼髒？」

創也問。

「日夜無休搬運泥沙的關係。」

卓也答。

我對於自己直覺的敏銳度，再次感到驕傲。

「非常辛苦……」

卓也眼睛望向遠方，細說從頭。

「被騙之後我大受打擊，來不及跟著創也少爺一同出發，再加上打聽創也少爺的去處，三連休的第一天就這麼過了。」

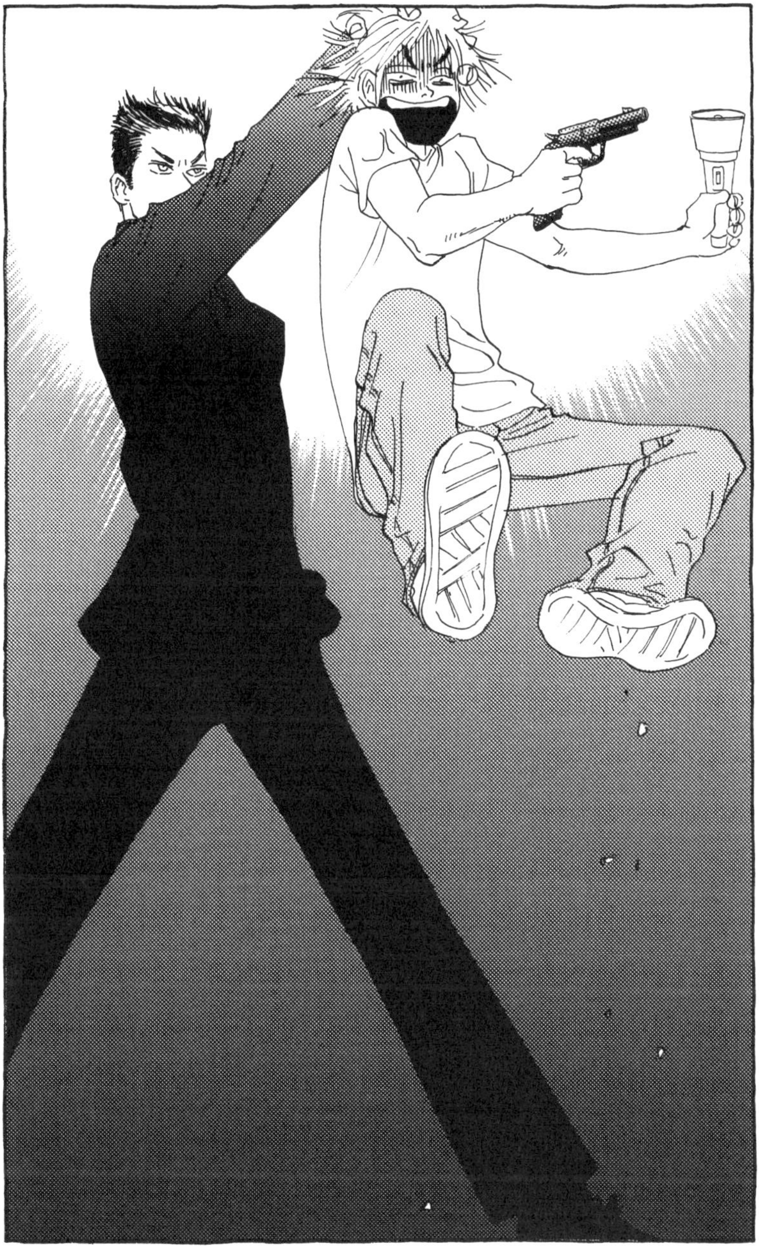

「你竟然知道我來塀戶村？」

創也顫抖著聲音問。

「透過龍王集團的關係，使用某國的軍事衛星，掃描陸地。」

軍事衛星……

還動用到那種東西？

「我立刻動身前往塀戶村，但是，隧道口堵塞，無法入村。不過，我沒有因此而絕望。一點一點搬開土石，終於來到這裡。」

想起這些苦難，卓也的眼泛起閃閃的淚光。

「嗯……打個岔好嗎？」

我戒慎恐懼地問卓也：

「為什麼不用直升機？」

找尋我們的下落都用上軍事衛星了，土石流阻礙前進的話，弄架直升機來，照理說很容易啊……

這時，卓也無力地跪坐在地。

「……我沒想到。」

嘴裡緩緩吐出這句話。

我是不是不該問？

經過數分鐘，卓也才再度復活。起身後，伸手指向創也。

「這些辛勞，全是託『壞小孩』的福！」

那些辛勞中，有些不需做也無妨，但他似乎都算到創也頭上。

卓也一根一根扳動手指。

「懲罰時間。」

卓也扭動身體。

「暫停、暫停。」

創也雙手舉高。

「懲罰我之前，讓我問個問題，你今天怎麼沒去面試？」

「耶？」

卓也的表情瞬間凝結。

「二十四封通知書裡，有二十三封我承認是偽造的，我道歉。然而，其中一封是真的，而且今天面試！」

聽完創也的話，卓也神情漠然。

然後，小聲地說：

「過於震怒之下，我將那些通知書扔掉了……」

創也與卓也的口中一同發出呻吟聲。

這兩個人——

我對卓也說：

「不過，卓也也有錯。明明還擔任創也的保鑣，卻成天將『想當保母』掛在嘴上——」

「……」

「創也因為覺得無趣，會想惡作劇，製造假通知書，也是可以理解。」

但，搞了二十三封確實比較過分。

「內人，不要再說了。」

創也阻止我。

「卓也有他的夢想，我沒有權利剝奪。」

「……」

卓也一言不發。

這時候，

「嗚嗚嗚嗚……」

森脇先生回復意識，倒在地上的他仰望著卓也。

「……你……從哪裡過來？」

「從村子的出入口，堂堂正正走進來。因為隧道口被土石堵塞，為了搬運土石，花了整整一天——」

卓也鄭重地回答。

「只用一天，就搬開所有土石……你能想像有人跟起重機一樣屌嗎？」

正因為有才可怕，森脇先生。

「……最後，告訴我你的名字。」

「二階堂卓也。」

卓也報上名後，瞥了創也一眼繼續說：

「保護愚蠢的國中生，一介平凡的上班族——至少目前為止。」

「上班族裡也有厲害的角色，很好、很好。」

森脇先生說完，隨即昏倒過去。

「內人的作戰計畫，很棒。」

創也說。

「可是，你怎麼知道卓也二十分鐘後趕到？」

……什麼意思？

「你在我背上寫的啊。」

創也將字寫在餐桌上。

（二十分後 獅子）

「以獅子來比喻卓也，說得妙極了。」

創也深感佩服的說，原來他搞錯啦……

神宮寺插嘴道：

「你寫的是獅子哦？我以為是什麼謎樣的生命體來拯救我們，正感到不可思議……」

「耶，我傳下去的是『蝸牛』，還想說蝸牛要怎麼救我們……」

麗亞悠哉地說。

什麼跟什麼，這個亂七八糟的傳話遊戲！

呼……

緊迫的空氣，已經消散。

比起被槍指著，卓也宣布「懲罰時間」的時候，更令人害怕。

一股輕鬆的氣氛在餐廳流竄。

雖然結尾不甚理想，

總而言之「終極ＲＰＧ——ＩＮ塀戶」平安無事地落幕。

嗯，這樣很好！

06

沙、沙——

竹掃帚掃在石階上的聲音，日常生活中的一幕。

亞久亞彎著腰，揮動掃帚。

「終極ＲＰＧ——ＩＮ塀戶」已落幕，大家正在打包行李。

連續三天的喧鬧，宛如一場夢。

又只剩自己一個人……

一個人待在村裡，亞久亞從沒有疑問過，感覺一切都如此自然。

然而……

有股說不上的心情，從未曾有過的寂寞，湧上了心頭。

彷彿想揮去寂寞，亞久亞再次舞動掃帚。

沙、沙——

沙、沙——

亞久亞察覺到腳步聲逐漸逼近。

這腳步聲——不用回頭也知道，是那個人。

腳步聲停住。

「亞久亞。」

創也的聲音。

亞久亞並沒有回頭。

過了一會兒，創也才又開口，

「這段期間，承蒙妳照顧。」

「你要走了嗎？」

沙、沙——

亞久亞手持掃帚問。

「是，明天開始要上課。」

「嗯……」

兩個人默默無語。

只聽見掃帚揮舞聲。

創也說：

「亞久亞……妳還要繼續留在村裡？」

「嗯，這裡是我的家。」

「和我一起走，好嗎？」

沙！

亞久亞的手停在空中。

不過，很快又繼續打掃。

「謝謝你，創也。可是，我剛也說過，這裡是我的家，守護水神神社，是我的職責。」

「……」

「沒有人強迫我，一切出於我自己的意願。」

「……」

「所以，我不會離開村子。」

「……我知道了。」

創也說。

亞久亞開心地說，

「但是，你這麼說，我很高興。」

說完，亞久亞回過頭。

擠出笑臉，然而，兩眼卻含著淚水。

亞久亞面對創也，深深行禮。

「謝謝——請你保重。」

淚水滴落在石階上。

「你在幹嘛？」

抬起頭來，創也正以厭惡的眼神看我。

「寫週記。」

我闔上筆記本。

「這不是功課嗎？」

「是喔？」

假裝若無其事地收拾背包，但已來不及。

創也奪走我的筆記本，默默地唸，周圍空氣瞬間冷凍。

唉……

我左右瞧瞧，找尋逃生出口。

……沒有。

請奶奶現身幫忙，只得到一句：「自作自受」。

內人，你死定了！

創也啪地闔上筆記本。

拚命盯著我看，臉上不是害羞的神情，反而是一臉憐憫，不可思議的表情。

「你跟亞久亞道別了嗎？」

我問。

「嗯——大概就『再見』『你保重』之類簡單的問候而已。」

就這樣喔。

心平氣和的告別，未嘗不是件好事……

我腦中淨想些有的沒的，創也卻問了個令人訝異的問題。

「你認為亞久亞真的是塀戶村的村民嗎？」

……嗯。

什麼意思？

我一頭霧水，創也溫和地解釋。

「亞久亞並非塀戶村的村民，多加補充的話，金田和森脇先生，都不是單純的玩家。我覺得他們三人受僱於栗井榮太，是『終極RPG——IN塀戶』的工作人員，不知哪請來的劇團成員。」

「……」

太過驚訝，我嘴巴不斷開闔，卻說不出話。

「像你這種無知又天真的玩家，對電玩創作者而言，可說是非常珍貴的存在。」

就是這句嘲諷的話語，讓我的頭腦再度活絡起來，嘴巴也能自由活動。

「太可惡，竟說我無知！」

「抱歉，不是把你當笨蛋，是讚美你喔。」

創也一點都不真心誠意。

我心裡的疑問跟山一樣高。

「亞久亞真的不是村民嗎？」

創也頷首。

「第一次遇見她時，她正在掃地。」

「嗯，我還記得她的手指，又細又白。另外，指甲還會反光。」

「指甲反光，是因為擦指甲油，透明米黃色系的話，指甲看上去比較自然；但真正的巫女照理說不會擦指甲油。」

不只巫女，創也對化妝品也那麼了解……

「你從第一次遇見她就知道嗎？」

創也再度點頭。

「我早就明白，構思故事大綱的麗亞，期待故事會朝『當男孩遇見女孩』的方向展開。身為優質玩家，當然要盡力符合她的期待。」

「……」

許久之前，我問過創也有關戀愛的事情。那時創也回答，「以旁觀者的角度，觀察女性與戀愛，是我的興趣。」

還附帶一說，自己絕不捲入戀愛中。

換言之，這小子尚未長大。這種敏銳度，真能完成「第六大電玩」嗎？

……替他擔心。

不過，亞久亞的事情，算是明瞭，剩下另外兩個人。

「金田先生呢？」

「對於戰時照顧他長達三個月的村落，戰後卻一次也沒回去過，你不覺得奇怪？」

「……可能太忙？」

「他沒說退休後時間太多之類的話？」

……說過。

「森脇先生哩？」

「第一，塀戶村有寶藏，就是捏造出來的。如果真有寶藏的話，鐵定更多人殺紅了眼來尋寶。」

「那個金塊呢？」

「恐怕是贗品，鎢外面鍍層金，看起來就跟真品沒兩樣。不跟電阻器相較，根本不會發現。」

是，受教了。

「太多支線劇情，讓現實與假想現實間的界線曖昧不清。故事情結安排得很好，就主要劇情中的外星人事件來說，如果意志不堅定一些，搞不好以為真的有外星人。」

我大大地贊同。

X展現控制重力的那一刻——

洞窟中見到的飛碟製造工廠與外星複製人——

那時我幾乎要相信真有外星人存在。

過去的事情就算了……

我問創也：

「你為什麼裝作不知情？」

創也一臉「幹嘛那麼掃興」的表情。

「徹底融入遊戲世界，不是比較有趣。」

……嗯，創也說得有理。

我想像公園裡遊玩的小朋友。

玩著追捕野獸遊戲的小孩，對他們來說，立體方格鐵架就是大象，溜滑梯是長頸鹿，沙坑則是無底的沼澤。如果有人過去跟他們說：「喂喂，那不是大象，而是立體方格鐵架。」——的確很掃興。

「我從『終極RPG——IN塀戶』中學了不少東西，身為電玩創作者，玩家是最重要的。栗井榮太想盡辦法讓玩家盡興，應該要把這點學起來。現在的時點，最接近『第六大電玩』的是栗井榮太。」

耶——

第一次聽見創也這樣讚美栗井榮太。

但是……

「稱讚對方時，不要把頭撇一邊，故作噁心狀。」

「哼！」

創也向後往椅背一靠。

「哪有稱讚他們，我剛說『現在的時點』，將來會創造出『第六大電玩』的人，是我。」

是是。

不可一世的說話方式——這才是龍王創也的本性。

「回到城堡後，要繼續創作遊戲？」

「沒錯。不過，現在想稍微休息一下。」

創也將頭靠在椅背，閉上雙眼。

此刻我們搭乘栗井榮太的直升機，原本它一直停放在栗子民宿的後面。

由柳川駕駛飛機，麗亞則坐在他身旁，堀越父女睡倒在最後面的位子上。補充一提，神宮寺與朱利爾留在民宿善後。卓也他想留在村裡，直到隧道修復完成。

有這架直升機的話，即使隧道口被土石掩埋，神宮寺他們也無須慌張。

話說回來，這三天可沒白過……

腦中開始回想塀戶村發生的種種。

嗯？等一下……

從隧道崩塌那一幕起，倒帶重播。

創也坐下來休息，倒太多。

再往前一點點——創也狼狽地跌倒在地。

就是這裡！

「創也，給我起來！你忘了骷髏頭的事情！那也是栗井榮太事先安排好的劇情嗎？」

創也一臉驚訝。

「耶——我沒說嗎？這麼說來，內人你還是沒搞懂？」

講那什麼話，彷彿是說：「一加二等於三，這麼簡單的道理，不用一一說明吧。」或是，「超人八號的真面目是東偵探，你不知道嗎？」那種討厭的感覺。

莫非骷髏頭的事件，與做物質轉送實驗時，一定有蒼蠅飛進轉送機一樣，這種老套的戲碼嗎？

我反省著，故事的來龍去脈，其實仍未弄懂。

創也一臉嫌惡地解釋給我聽。

「你還記得墓場遺址吧？」

我點頭。散亂的墓碑及一片石牆。

「村民離開村子時，挖掘土葬場的墳墓，帶走遺骸，整個作業流程十分粗糙。看見那堆散亂的墓碑，就能想像當時有多混亂。」

「所以，那顆頭蓋骨是搬運過程中掉落的……？」

「That's right.」

創也伸出食指，對我開了一槍。

竟然是這種結論，我根本沒有反省的必要。

創也繼續說。

「不用想太多，怎麼講，關於那顆頭蓋土的資料，春子並沒有記錄。而且，我在那裡跌倒，純粹是突發事件，春子無法事先預測。總的來說，跟『終極ＲＰＧ——ＩＮ塀戶』毫不相干。」

說到此，創也伸個大懶腰，眼睛再度閉上。

「好累，我要睡覺。」

「打瞌睡會感冒喔。」

我說，創也閉著眼睛回答：

「不是打瞌睡，是熟睡。」

然後，眼睛不再睜開。

我認真思考創也的話。

我們眼前出現頭蓋骨，真是偶然嗎……？

以前，在城堡玩抽鬼牌時，我從不曾贏過創也。問他理由，創也只說了句：「操心術。」

使用一些巧妙的技法，讓對方按照你的意思去抽牌，是魔術手法的一種。

該不會……

假如我們發現頭蓋骨時，立刻通報警方，而引起大騷動，事情會如何演變？

與這次不同版本的「終極ＲＰＧ——ＩＮ塀戶」，將等著我們去展開……

我忍不住發抖，並非因為寒冷……

搞不好「終極ＲＰＧ——ＩＮ塀戶」準備了各式各樣的故事，這次選到的是飛碟版，其實還有很多不同的故事。

我想起雜貨店裡佈滿灰塵的玩具，其中的美香娃娃——說不定它真是超級罕見的娃娃？以那個娃娃為中心，又會衍生出另一版的「終極ＲＰＧ——ＩＮ塀戶」。

「要參拜神明嗎？」

在神社那時，亞久亞問我們，若沒拒絕而去參拜的話，又會有怎樣的故事……？

只是我們沒選，其實塀戶村裡還設下不少機關……

創也說森脇先生是病毒，但，也許那不是病毒。

全部都是「終極ＲＰＧ——ＩＮ塀戶」設計好的情節，森脇先生或許不會被警察帶走，也可能跟神宮寺兩人乾起杯來。

創也難道沒想過這些嗎？

我看著創也。

創也閉著眼睛睡覺，嘴巴張開。

「內人，你放心，我們絕對會創作出最棒的遊戲。」

「耶？」

之後，創也沒再開口。

搞什麼，原來是夢話……

連睡覺都想著電玩遊戲，這小子真糟糕。

我向前面的麗亞要一條大毛巾。

麗亞手指著座位下，看見創也的睡臉，她說。

「睡得好熟，累翻了吧。」

我點點頭，拿毛巾蓋著創也。

「不管是這小鬼或神宮寺，為了創作遊戲，完全不顧眼前的危險。」

「……」

麗亞的視線移到我身上來。

「多注意他一點，否則他活不久，製作遊戲不需賠上性命。」

「妳覺得他像是會聽勸告的人嗎？」

我問，麗亞搖頭嘆息。

「都是一群笨蛋。」

麗亞不經意看了柳川一眼，戴著耳機操控飛機的柳川，裝作沒聽見。

麗亞再次嘆氣。

「不過，最近笨蛋有減少的趨勢，瀕臨絕種要好好珍惜。」

是啊，創也和神宮寺的確屬於瀕臨絕種的生物……

熟睡中的創也，看來就像日本冠朱鷺。

麗亞伸手撫摸我的臉頰。

「下次再一起玩吧。」

說完後，她笑了出來。

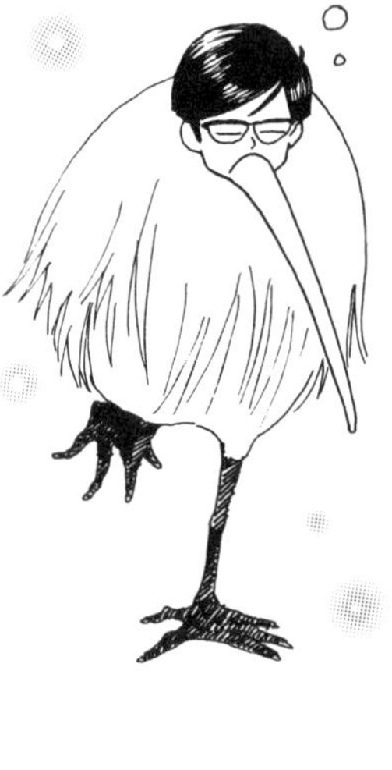

番外章之二

都市冒險王（成人版）

站在月台上等車，突然腿軟了一下。
我不禁嚇了一跳。
也沒做啥激烈運動啊，不過是加完班，走到車站罷了，怎麼膝蓋會無力……
年紀……
不，不是那樣，一定是連續忙了好幾天，過於疲憊的緣故。
我不願承認體力大不如前。
電車來了。
謹慎地踏出每一步，搭乘電車。接近收班的電車，雖然不像通勤時間那麼誇張，但也不少人。
從孩提時代起，每當搭電車或公車時，我都盡量不坐下。
跟健康沒有關係，是因為我做不到若無其事地讓位給老人。好幾次我強裝自然地說：「啊啊，我到站了。」但其實那並非目的地。與其這樣，倒不如一開始就選擇站著。
我雙手抱胸，站在門邊。右手臂在左手腕的內側，清楚感覺到脈搏的跳動。
大約兩千兩百八十下，就到我家那一站。
我閉起眼，開始計算脈搏。
心情卻沉澱不下來。
有個年輕人大聲講手機的關係。

雙腳張開坐在博愛座上，掛著一串吊飾的手機，緊貼著戴耳環的耳朵。我超想摸一下，他那刺蝟般的金髮，如同我想把手放在劍山一樣的感覺。

紫色夾克，說明了他的品味極差。

他眼睛瞎了嗎？看不到其他乘客的存在嗎？

只要見到乘客厭惡的表情，再沒禮貌的人也會收斂一點吧。

可惡……都忘了脈搏數到哪裡。

站在年輕人面前的男子，瞧見我臉上不悅的神情後，對我微笑。

年齡大概四十五歲上下，跟我差不多。不過，應該不是普通上班族。長而雜亂的頭髮，隨意紮起來，臉的下半部長滿鬍碴。

身穿髒了的牛仔褲與薄夾克，肩上背著帆布製的肩背包。第一眼給人的感覺像流浪漢，但是，如果把鬍碴刮乾淨，頭髮修剪整齊的話，一定會很帥氣。

男子看看我，再度微笑，手伸進肩背包裡。

這時——

「……啊，耶？」

年輕人將手機拿到面前，盯著螢幕，重新播打手機。

「奇怪……」

年輕人搖晃手機。

男子又看著我笑。

那一瞬間，我頓時明白。他使用什麼手法我不曉得，但年輕人的手機無法通話，卻是他的傑作。

男子把手拿出帆布包。

「啊啊，通了——喔，歹勢！手機好像怪怪的！」

年輕人又開始大聲談話。

男子手伸進包包裡。

「耶、耶！爛手機！」

年輕人不停搖晃、拍打手機。

男子看見這情景忍不住笑起來。

「喂，歐吉桑！你笑屁啊！」

年輕人對著嘲笑他的男子，伸出爪牙。

「不好意思，可是，以現代的年輕人來說，你算少見，手機這種精密的機器，拍打是無法使它恢復運作的，你在真空管裡長大的喔？」

「什麼？」

年輕人瞪大雙眼，男子依舊心平氣和。

「依我看，只怕你的教育程度，還不足以了解真空管是什麼東西……」

雖然我不知道說話的內容，但想必是些嘲諷的話。

「找死！」

年輕人站起來，一把抓住男子的衣領。

啊～啊……

不能見死不救。

我站在他們兩人之間。

「有話好說……」

長年的上班族生活培訓出來，必殺「搓湯圓」絕技——可惜這招只能用在職場。

電車慢慢減速。

門一打開，我將他們帶出車外。

「呼～」

總之，不要讓車上的乘客捲入紛爭。

看看月台周圍，站員早已不見蹤影。所以，我只好一個人想點辦法……

「歐吉桑，你跟他一夥的喔？」

年輕人指著男子。

「啊哈哈哈……」

我抓著男子的手說。

「這裡不好講話，我們換個地方。」

唉，回家的路越來越遠……

爬上月台樓梯，往出口前進。

「啊，報紙掉了。」

我將長椅上的報紙撿起來。

「幹什麼，歐吉桑，動作快點。」

年輕人走在最前方。

這時，我已經看出他的能耐。沒什麼了不起，連敵人手中握有武器，都未加以察覺。

等一會兒，盡可能不讓他受傷……

經過垃圾桶前，把露出來的塑膠繩抽出，放進口袋。大概是販賣部拆開雜誌所丟棄的吧。

步出車站，來到商店街。

走過轉角便利商店時，門外旗幟吸引我的目光。

超商的旗幟——不太好，用這種東西怕會造成更大的傷害。

結果，能使用的只有報紙和塑膠繩……

我一面走，手一面在背後捲報紙。

「這裡應該可以……」

年輕人停下腳步。

一條人煙罕至的小巷，左鄰右舍相距甚遠，就算大聲喊叫，也不會有人前來拯救。

我看看隔壁。

背著帆布包的男子，微笑地站立在一旁，殊不知大禍即將臨頭。

「你不害怕嗎？」

我問，男子爽快地答。

「真不可思議耶，跟你在一起，我竟然不覺得可怕。」

「……」

年輕人在我面前扳手指。

「歐吉桑，這樣不好喔，背負全日本未來的年輕人，竟被你當笨蛋——。」

年輕人絞盡腦汁想出台詞。

「喝——！」

伴隨著毫無意義的叫聲，年輕人出拳。

男子沒有閃躲的意思，只是微笑站著。

換句話說，要全部交給我就對了。

我嘆了一口氣，猛然伸出背後的報紙。

如果直接拿出普通報紙，那無疑是找死。不過，這張報紙強而有力地捲過，有一定的強度。

我的手臂加上報紙的長度——就像劍道一樣，刺中了年輕人的下巴。

年輕人一個後仰。

我繞到年輕人背後，兩手緊抓他的紫色夾克，像剝香蕉皮一般往下拉。這樣一來，他的兩手臂被夾克卡住，而無法動彈。

我踢踢他的膝蓋內側。

年輕人膝蓋著地。

我從口袋掏出塑膠繩，捆綁他的腳踝。

「快逃！」

拉著男子的手，我快速逃跑。

月光下的影子在身後追逐，我拚命奔跑。

好像回到國中時代，真令人懷念。

找到一座公園，我們一同朝裡面奔跑。

在飲水機附近休息。

環視整座公園，溜滑梯附近有個身穿黑西裝的男人

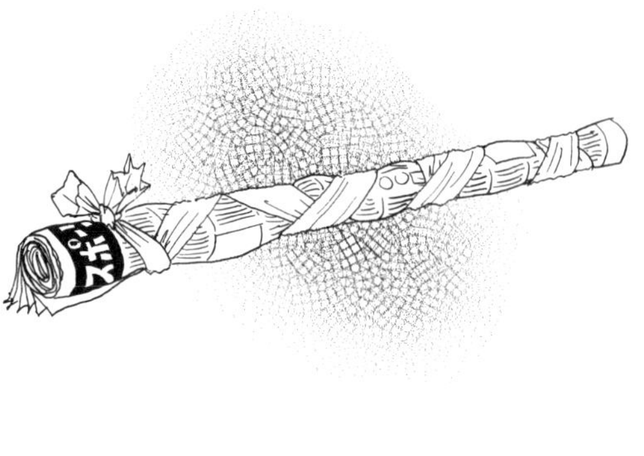

和穿運動服的男子，他們一起在練拳擊。
「啊啊，好開心。」
坐在長椅上，男子開口道。
開心？——他的話，不禁讓我呆住。
想想看是誰的關係，害我那麼晚還不能回家！
我沉默地伸出手。
「？」
男子一頭霧水地回望著我。
我說：
「那個使年輕人手機不能用的機器，借我看一下？」
「什麼東西？」
「不要裝傻，當你的手伸進包包時，手機便無法使用的機器——」
「……」
男子從帆布包裡拿出個白色箱子。
比煙盒稍大一點的機器，表面以紅字寫著：「KEITAI JYAMAR」。
「體積雖小，但功能完備。按下開關，半徑五公尺內的手機，都無法使用。」
男子說，一臉誇耀的神情。

「嗯——」

男子的眼睛盯著我看。

「還沒請教你的大名？」

被這樣一說，我反射性地從西裝口袋拿出名片盒。

兩手恭敬地遞上名片。

完成一連串動作共花了二點一七秒，上班族不斷磨練出來的技術。

對方側著頭看我的名片。

「怎麼唸？……UCHIKI？」（日文內的發音可為UCHI或NAI）

「不對，NAIKI，內藤內記——平凡的上班族。」

「平凡的上班族喔……」

名片在他的指縫間轉來轉去，最後男子小心地將它收進帆布包裡。

然後用疑惑的雙眼看我。

「你的公司有接到指示，要去SAS進修嗎？」

「SAS？——你說的是Service Area Station嗎？」

對方嘲諷似地看著我。

「Special Air Service——英國陸軍特殊部隊的簡稱。」

喔——話說回來，這傢伙懂得真多。

啊啊，還沒問他叫什麼名字。

「給我張你的名片吧。」

我伸出手，對方手指搖了搖，怎麼感覺他的每個動作都不自然。

「我沒有名片。」

這點我倒是能理解，骯髒的牛仔褲配上夾克，後腦一束馬尾及鬍碴，在在說明他與我是不同世界的人。

「我，單名『創』。」

他挺起胸膛說，似乎對自己的名字感到非常驕傲。

原來如此，創……很好，我知道了。

我抓著創的衣領。

「創！你這個白痴！為什麼要去招惹流氓！像你這種人，如果去上班的話，很快就被開除！」

心中仍充滿怒氣。

創呆呆地望著我。

「因為……你看年輕人的表情十分不爽……」

啊啊，是這樣嗎？

創，因為我的關係，而讓年輕人的手機無法使用。

嗯，我可以了解。所以，才出手救他。抓著創衣領的手，不自覺鬆開。怒氣竟然不可思議地消失。

「謝謝。」這句話自然地脫口而出。

我與創並肩坐在長椅上。靠著椅背，滿天星辰映入眼簾。

仔細想想，有多少年不曾抬頭仰望星空，總是低頭快步向前走。

「真糟糕，電車都收班了，看來非坐計程車不可。」我看看手錶說。

一旁的創卻一點也不著急。

「你不回家嗎？」我問，創點點頭。

嗯……大概有滿腹辛酸吧。

「內記，你有小孩嗎？」

突然被問。

「嗯，國中二年級的男孩，每天忙著補習，只是個平凡的小鬼。」

「哦──你的小孩算平凡喔……」

一副不相信的樣子。

我說：「國中生的課業太艱難，我也看不懂。想說假日帶他出去走走，但他也有自己的計畫。身為父親的我，什麼都幫不上。不過至少能讓他見識到，我也很認真的工作。」

「因此，你才會這麼晚還在公司，辛苦你了。」

創從帆布包拿出一瓶飲料給我。打開拉環，一口氣喝光。

道過謝後，「我跟你剛好相反……」創彷彿自言自語地說。

「不要跟我一樣，或許我是為了教他這一點，才不回家……」

「你也有小孩嗎？」我問，創點了點頭。

「和你一樣——國中二年級的男生。」

是喔……

「……內記。」創對我說，

「男人真命苦。」

「沒錯。」

「我想告訴我的小孩，我們也曾經當過小孩。」

「……是啊。」

與創一同坐在長椅上，突然好懷念從前。

小學時，在夜市仰望天空。國中時，補習班回家路上的夜空。高中時，籌備校慶而在學校待很晚的夜空。大學時，打完麻將的夜空。——想起那些從前。

我們仰望星空，沉浸於過去的回憶。將來我們的小孩，也會有這麼一天——

ENDING

噩夢般的三連休，早已被遺忘。

回首過去，只剩眼淚。

與其那樣，不如以開朗的心情，迎接下一次的假期。

然後，這次無法完成的目標——「懶洋洋地過日子」，下次一定要達成。

我握緊拳頭，對著日曆上的紅字發誓。

「啊啊，那麼說來——」

面對著電腦螢幕的創也，突然回頭。

我趕緊摀住耳朵。

「……」

創也冷冷地看著我。

「……」

他好像要說話，我卻什麼都聽不見。

創也在鍵盤上敲打，不一會兒螢幕上出現巨大的文字。

「那麼說來」

我立刻閉起眼睛。

「……」

雖然看不見，但我知道創也的眼神鐵定比乾冰還冷。

感覺到創也起身，摀著耳朵的手稍微放開一點。

接著一陣噪音，這是寶特瓶的水倒入水壺的聲音。

喀嚓——點火的聲音。

一連串聲音過後，城堡開始彌漫橙花白毫的茶香味。

因為閉上眼睛的關係，耳朵變得異常敏感。

喀啦。

我面前似乎放了一杯茶。

「……」

閉著眼睛，所以不知道茶杯的正確位置。

想用手摸索，又因為手要摀住耳朵。

「……」

考慮了一下，決定依靠我的嗅覺，尋找紅茶的位置。

東嗅嗅西嗅嗅……

將鼻子靠近桌子。

突然鼻頭感到一陣熱的瞬間——

「哇！」

我的鼻子浸到熱騰騰的紅茶當中。

「喔～！」

打翻茶杯，紅茶濺出來。

我撫著鼻子猛跳腳，創也拿出ＯＫ繃。

「我們終於可以好好說話——」

創也微微一笑。

我放棄繼續掙扎。

「你記不記得我曾經提過，很久以前有個遊戲軟體的事。」

創也坐在對面的沙發說，鼻頭貼著ＯＫ繃的我乖乖的聽。

「當時，你說你有『壽司王子大冒險』。」

我點頭。

「壽司王子大冒險」是我小學低年級時非常流行的角色扮演遊戲。

膽小的壽司王子，為了訓練自己獨立，而尋求鮭魚劍的故事。我們小孩子沒辦法，但身為電玩狂熱份子的大人，砸重金買下全身包裹著海苔鎧甲的壽司王子真人版公仔。

「現在還在嗎？」

「回家找找看，應該有。」

「太好了！可以借我嗎？查閱角色扮演遊戲的歷史後，越來越想玩玩看。」

「好啊，下次帶來借你。」

我說，創也以手阻止。

「不，下次放假時，帶來我家給我吧。上次請你來我家玩，結果不是你補習班模擬考，要不就是參加『真人ＲＰＧ——ＩＮ塀戶』，變成無限延期，剛好有此機會。」

「不要！」

我立即回答。

下次休假，我要悠哉地享樂。沒有任何人指使，我自己的決定！

「無論如何都不肯嗎？」

創也問，我帶著無比堅定的決心點頭。

「可惜，堀越也要來說……」

「我幾點過去方便？」

我拿出筆記本問。

創也咧嘴笑了笑。

假日能和堀越美晴見面，這是非常難得的機會。雖然有創也這個大電燈泡，地點又是在他家，不過算了，別再抱怨。那我要穿什麼去呢……我滿腦子都在想事情，創也突然問：

「你會釣魚嗎？」

「嗯？——稱不上興趣，但多少會一點。」

比起釣竿和魚鉤，我比較擅長使用鐵鎚跟寶特瓶捕魚。

「那你知道『誘餌』？」
「知道啊，為了誘魚上鉤，而撒下魚餌，你問這幹嘛？」
「……沒什麼。」
創也瞇起眼睛看著我，彷彿想跟我說話，可是我的心思已飛走。所以，下回要講去創也家玩的故事。我能不能跟堀越美晴度過快樂的假期，只有天知道！
Good bye！

資料要不要保存 YES　NO

資料保存完畢

（FIN）

參考文獻
《不可思議現象之九十九種真相》（洋泉社）
《愛麗絲夢遊仙境》路易斯・卡羅著（東京圖書）

番外章之番外章　女神算

「志穗，明明沒下雨，幹嘛帶傘？」

冴子問身旁的志穗。

放學回家的路上。

連日來的雨總算停止，今早是萬里無雲的好天氣。

可是志穗卻帶著一把男用雨傘，對女生而言，一把黑色且不相稱的傘。

「這個啊——」

志穗看著掛在右手腕上的雨傘。

「這把傘要這麼用。」

打開傘，將傘移到身側。

「……？」

冴子不明白志穗的行為。

這時，有輛車從兩人背後靠近。車子絲毫沒有減速，直接開過兩人旁邊。

車子前輪經過時，濺起一攤水。

水花四濺！然而，志穗的傘完全幫她擋住了水花。

志穗收傘，甩甩傘上的水珠。

「我想大概會發生這種事，所以帶著。」

志穗微笑，冷淡美麗的微笑。

志穗——真田志穗，班上同學叫她「真田女史」，大家公認優秀的國二生。與汐子道別後，

志穗走向一條老舊住宅街。

幾乎沒有車子經過的寂靜街道。

黑色板壁構成的住宅，就是志穗家。

「小姐，您回來啦。」

恰好在門口打掃的老人見到志穗，向她恭敬行禮。

「我回來了，阿清。——雨傘還你，謝謝，幫了我一個大忙。」

志穗將男用雨傘還給老人——阿清。

阿清接過傘後兀自思考。

一早，小姐叫我借她雨傘，小姐有自己的專用傘，而且又沒下雨，為什麼需要男用傘呢？

不過，疑問瞬間消失無蹤。

小姐要我借她傘，一定有派上用場的時刻。

阿清看著濕掉的傘，心想還好有幫上志穗的忙。

「託這把大傘的福，我和同學都沒事。謝謝你，阿清。」

志穗道謝，阿清沉默地低下頭。

這時，志穗面朝阿清，雙手合十。

「還有另一件事要拜託你，可以嗎？」

「請儘管說。」

「幫我把儲藏室那些舊坐墊拿出來。」

坐墊……？

阿清忍住不問理由，小姐這麼做，肯定有她的原因。

點過頭後，阿清說：

「了解，等一下我送到小姐房間。」

這下換志穗搖頭。

「不是我房間，你替我堆在那根電線杆旁邊。」

志穗伸手指了指靠近街角的電線杆。

電線杆旁？那不就是把坐墊丟掉的意思？

「想扔掉的話，要丟在指定的地方——」

阿清話還沒說完，就被志穗阻止。

「沒有要丟，總之，你就堆到太陽下山，之後再放回儲藏室，拜託你了。」

「……」

阿清心中再無疑問。

「知道。」

恭敬地鞠躬。

「拜託囉。」

志穗正要踏進玄關時，阿清說：

「少爺在最裡面的房間等妳，他吩咐小姐回家後，立刻去找他。」

志穗輕輕嘆口氣，因為背對著，所以阿清並未察覺到她的嘆息。

志穗手提書包，走在長廊上。

腳踏著木頭地板，即便穿著襪子，也能感到地板的觸感。

庭院中的竹林隨風搖曳，沙沙作響。

志穗來到最裡邊的房間，雙腳跪地，隔著紙拉門說：

「我是志穗，我到家了。」

「進來。」

房間裡傳來志穗父親——真田志心的聲音。

拉開紙門，志穗走進房間。

略微陰暗的和室，中間擺著棋桌，志心雙手抱胸坐在棋桌前沉思。

志穗來到志心面前坐下，看見志心背後的壁龕。

真田志心是專業棋士，棋法扎實，擁有一批死忠的粉絲，甚至被稱為「諾斯特拉❸真田」。

志心指指棋盤。

「昨天的對局，先攻是我，五段的安藤後攻。我正走到6七銀❹的局面。」

志穗再次小聲的嘆息。

我知道爸爸在期望什麼，真煩人，我就來實現他的期望……

志穗的口中說出了「父親的期望」。

「7六步、6八金、7七銀……」

❸法國星相學家。
❹棋術用語。

直視志心，志穗流暢地說出先後順序。

「4三桂、同金──至此，父親已認輸。」

志穗閉口不言，行過禮後，她站起身離開房間。

志心一個人待在房內，鬆開雙手，取出坐墊旁的紙張。

那是昨天的棋譜，上面寫的步驟，與志穗剛才所說的絲毫不差。

「……不用確認一下啊。」

志心緩緩撕裂棋譜。

離開房間的志穗，從書包裡拿出炊事服穿上。

正巧有聲音叫住她。

「啊啊，志穗，太好了！有空的話，來幫忙一下！不對，就算沒空也要幫忙！拜託拜託！」

一個從廁所出來的年輕女子，摟著志穗說，她是跟在母親身邊工作的小粉。

「又開始了？」

不用問也知道的事，但為了讓雙方能繼續對話，志穗問小粉。

「截稿期限將至，距離『作者急病』還有三小時！」

「媽媽又攬了不必要的稿件吧。」

這時，小粉苦笑。

「老師的個性如此，也不是現在才開始啊。」

一邊說，小粉一邊拉著志穗進工作室。

對志穗來說，這些事情都在預料之中。

志穗的母親是少女漫畫家，圖畫紙上編織出浪漫唯美的戀愛故事，這樣的工作著實令人憧憬。

然而事實上，在作品的背後，卻存在著許多不為人知的辛酸。必須時常與截稿日搏鬥。原稿交不出來，錯過截稿日，對漫畫家而言，如同地球滅亡。

「志穗也一起幫忙的話，就沒問題，還有希望。」

拉著志穗的首席助理——小粉，打開門。

門一開，裡面立即傳出吼叫聲。

「小粉，搞什麼！上廁所兩分鐘內結束！」

聲音的主人，志穗母親——真田幸穗，筆名是「SANA☆SATI」。

幸穗一面咆哮，頭未曾從原稿中抬起來。

與其稱之為工作室，倒不如以「垃圾堆」形容更恰當，散亂一地的書及雜誌，和成堆的資料。

在那之中有五張書桌，最裡面那張是幸穗，另外四張與她面對面，兩位助理頭埋在書桌，筆沒有停過。
「老師，我替您找了位強而有力的助手！」
小粉讓志穗坐在其中一張書桌，攤開原稿。
「媽，我回來了。」
志穗說，幸穗只說了句：
「上色及畫網點！」
「……」
志穗不作聲，手拿著網點用畫筆。
當所有原稿以磁鐵黏在鐵櫃上時，也是志穗重獲自由之際。
「萬歲！萬歲！」
與助理們一同歡呼後，幸穗直接倒在地板上睡覺。小粉說，幸穗已四天四夜不曾闔眼。
「辛苦你們了。」
志穗代替幸穗向助理們鞠躬。
「今後要跟老師說，別毫無計畫地亂接工作。」
小粉疲憊地笑著說，她的雙眼卻沒有笑意。

志穗報以微笑，幸穗漫無計畫的做事方法，絕不可能改過來。

志穗回到自己房間，脫掉炊事服，把營養補給品從書包裡拿出。

志心應該還坐在棋盤前，幸穗還要十九個小時又二十三分鐘後，才會甦醒……

志穗心裡明白，今晚要一個人吃晚餐，所以回家途中，順路在超商買了東西。

「小姐，可以進來嗎？」

門外是阿清的聲音。

「請進。」

阿清進來房間後，志穗說：

「謝謝你替我鋪坐墊。」

「不用客氣……小姐，您早就知道了是嗎？」

阿清畢恭畢敬地問，志穗沉默以對，只報以微笑。

「坐墊放了沒多久，聽到一陣很大的聲響，我嚇一跳趕到電線杆旁，原來有個國中男生，騎腳踏車撞上坐墊山。看到我後，不好意思地搔搔頭。」

「……」

「您事先知道，傍晚有個國中生會撞上電線杆……，所以才叫我準備坐墊？」

志穗仍舊不語。

房間只剩志穗一人，她浮現出滿足的笑容。

覺得可能會發生這種事，幸好鋪了坐墊。

雖然沒對阿清說，但志穗很清楚，撞上坐墊山的是同班同學健一。

今天體育課，男生做短跑訓練，不擅長運動的健一，顯得相當吃力。即使回到教室，依然頻頻揉捏小腿。

健一參加相聲研究社，結束社團活動後，騎著腳踏車回家。途中經過志穗家，那時他會放手騎車。

電線杆旁的那戶人家，前幾天養了一隻大狗。健一騎車經過，狗突然狂吠的話——

被狗嚇到的健一，腳絆了一下，結果失去平衡撞上電線杆……

想到這裡，志穗輕拍胸口。

太好了，健一沒受傷。

六年級時，志穗開始注意到健一。

隸屬飼育委員會的兩人，負責照顧雞和兔子。

志穗做任何事都會先想到下一步，健一則不同，他屬於想到什麼就做什麼的類型，所以效率差，又拖時間。

換水時把水打翻，飼料撒了一地，——連五年級的飼育委員會，都把健一當笨蛋。

志穗看不過去，出手幫忙。

「不好意思，真田女史。」

健一開心地笑。

有一次，孵出五隻小雞，其中一隻跟其他小雞比起來，不僅體型嬌小，胃口也差。

「小健，還好吧……沒問題嗎？」

五年級的飼育委員會，擔憂地看著那隻小雞。

「小健？」

健一問。

「這隻小雞的名字——因為牠跟健一很像。」

被五年級生這麼說，健一只能微笑。

全體飼育委員會都擔心小健，因此特別在飼料下工夫，還帶去給獸醫看，可是小健卻漸漸沒有精神。

這隻小雞活不過三天。

志穗冷靜地觀察，得出這樣的結論。

「這個世上的生物，並非全部都養得大。」

志穗平靜地告訴大家。

「……」

沒有人反駁志穗，不，只有健一開口道：

「沒那回事，真田女史。放心，我家附近有個很厲害的獸醫。」

健一手提裝有小健的盒子。

「帶去給那位獸醫看，放心，小健一定會恢復。」

健一大聲地說。

一個禮拜後——

健一將活力十足的小健帶來學校。

大家都稱讚健一。

「不是我，是那個醫生厲害。」

健一回答，臉上露出哀傷的微笑。

星期天。學校沒有半個人。

健一跪在中庭的櫻花樹下。

志穗也來到同一個地方，她手上拿著線香。

「真田女史，妳拿什麼東西？」

健一問。

志穗一句話也沒說，逕自點香，朝櫻花樹根膜拜。

「健一你也來，埋在這棵樹下，雞籠裡的雞媽媽也看得見。」
志穗慎重地合掌。
「原來，妳都知道……」
健一說，志穗點頭。
「健一將小健帶回去，三天後牠就死了。」
「……」
「你應該花了很多時間，去尋找相似的小雞吧？」
健一佩服地聳肩。
「真有妳的，真田女史。」
「再怎麼厲害的醫生，也無法讓小健活過來，這一切都是命運的安排。但，你為什麼要隱瞞小健的死？生物必然會死，不用刻意隱瞞。」
「可是……」
健一開口：
「小健死了的話，五年級那些傢伙會難過，真田女史一定明白。」
「……」
真田女史一定明白——健一這麼說，然而，志穗並不知道。
小健的死是天意，大家都要接受命運的安排，為什麼要難過……

生物死了，會有人悲傷。那種事情，只聽說卻想像不到。

志穗說：

「……不過，健一的所作所為，不是欺騙嗎？」

「是欺騙沒錯。」

「那樣不好吧。」

健一點點頭。

「我知道我所做的事情不對，但，我不想看見任何人難過。」

志穗說不出話來。

健一站起身。

「我進國中後，要參加相聲研究社。我要用相聲，讓大家開心，藝名已經想好了，就叫『山遊亭』。」

志穗聽著健一訴說自己的夢想。

明天一早，與健一相遇時，我會喜歡上他──。

志穗的奶奶是算命師，這跟占卜不同，收集現有的資料加以分析，並預測未來。

當然，無論多齊全的資料，仍有不確定因子存在。所以要靠經驗培養出的靈感，補其不足之處。

志穗的奶奶曾經被稱為天才算命師。

志穗生來就有那方面的能力，另一層意義是，她完全沒遺傳到媽媽毫無計畫的個性。

奶奶為大家奉獻出自己的能力，而我呢……

聽完健一所說的話，志穗有些動搖。

以自己的能力，讓大家展露笑顏，成為一個有用的人，就這麼決定。

是健一讓志穗有這種想法。

在志穗心中，健一的地位漸漸不可動搖。

志穗面朝書桌，闔上筆記本。

裡面點綴的詩篇，詮釋出思念健一的心情。

封面上鮮明地寫著「因果報應」等字。

這個世上所有事情都是必然的，絕非偶然。

志穗將筆記本鎖進抽屜。

志穗支著頭，看見未來。

十年後——

我將成為工學家，健一還是個未成氣候的相聲家。在久違的同學會上偶然地相遇，隨即陷入熱戀。

第十二次約會後，健一結束相聲，跟我求婚，為我套上戒指。

那時，我含著淚說：

「我早知道會有這麼一天……」

距離兩人在同學會上相遇，並且陷入熱戀，還有三千五百二十七天。

（FIN）

後記

大家好，我是勇嶺薰。

《都市冒險王⑤進攻！終極ＲＰＧ》怎麼樣啊？

啊，終於結束了。

我想，關於上集展開的故事，下集我應該有好好結尾吧——

總是以數章短篇故事組合成一本書，這次因為有得到「寫多少張都沒關係」的指示，所以我才能愛寫啥就寫啥。

寫長篇故事時，為了多製造幾個故事高潮，吃盡不少苦頭。怎麼說，我記憶力極差，一下忘記開頭發生的事件，一下又忘記客串人物的名字，非常累人。（事實上，中途我搞錯角色的姓名而不自知，仍繼續埋頭苦寫。小松編輯，謝謝你的糾正。）

不過，撰寫過程相當快樂，那種滿足感言語無法形容。

那麼，我就來說說寫書時的秘辛——

首先是，最令我苦惱的事情。

寫了大約一百張左右時，筆記型電腦突然壞掉。

一百張原稿消失得無影無蹤。（另外，《怪盜皇后》的原稿也不見了八十張）

照理說應該感到恐慌，但我的心情卻意外的平靜。

「那──」

我喃喃自語，緩緩整理書桌，整頓散亂的資料。事情告一段落之後，我才打電話送修。

花了整整一個禮拜的時間，電腦才宣告修復。但是，硬碟不可能修復，原稿不可能再度復活。如果有另外存檔就好了，可惜我只存在腦中，所以又花了一個禮拜使原稿復原。

以下是敗犬的怒吼。

「如果硬碟沒壞的話，黃金週就能悠閒度過了！」（黃金週結束，也是截稿期限……）

再來是教訓。

「原稿只備份在腦袋裡，結果花更多時間讓它再現。」

請大家牢記在心。

緊接著告訴大家一個小秘密。

這次寫稿時，恰好遇上學測。

國三學測的國文B問題，提到《都市冒險王》。（雖然有提到，但本文連一行都沒出現……）

曾經是小學老師的我，心裡相當高興。自己所寫的東西竟然成為考題，真是作夢也想不到。

我要繼續努力，讓本文也一起在考題中出現。

時常收到讀者的來信，希望我多寫一些內人的奶奶。

然而，個性乖僻的作者，寫的不是奶奶，卻是內人和創也的爸爸，真抱歉。

邊寫我邊想，不管幾歲，都有不想長大的大人。（啊，我就是……）

今後，他們兩人也將厚顏無恥地不斷登場。

最後，致感謝詞。總是不斷給我建議的店長——中村巧先生（熱血的書店老闆）。在您忙碌之際，給您添麻煩了。講談社兒童圖書部的小松先生、水町先生。小松先生每次都給我大量的資料參考。那跟截稿無關，且我並沒有要求，他卻不厭其煩地送過來。其中有些資料，教我不知該如何使用。（以那些資料為基礎，有時也能構成一個故事，非常感謝你。）

雖然沒有反應在這次的作品，但很久之前給的《戰鬥吧亨利》〈世界的特殊部隊武器・裝備篇〉卻派上用場。下次我想參考《The路面電車》完成原稿。

這次也畫了漂亮插圖與漫畫的西炯子老師，非常謝謝您。「你美得令人失神！」——這句台詞一直盤旋在我腦海，便任意使用了。事後才報備，不好意思。

給我的老婆及琢人、彩人，今年的黃金週又泡湯，每一年我都感到非常抱歉，明年一定要出遠門，給他好好塞車塞個過癮！

祝大家健康快樂。

再見！

Good night, and have a nice dream.

點心時間
綿綿口香糖
可樂口味
最強貼紙
醋章魚
沢屋
雜貨店
冰淇淋
KILIN
內人……
這就是傳說中的雜貨店嗎？
叫「沢屋」啊……
是啊，創也。

根據傳言，如果能在那家店用「一百元」買到東西，就是勇者。
……什麼意思啊？
欸，該不會是價格超級便宜？比如說，一百顆口香糖只要一塊錢。把它們搬回家也是一件苦差事！
太多顆要搬回家好辛苦喔！
現在還有這種不切實際的價格嗎？
不然呢？
譬如說……
那家店充滿陷阱。
嘿
嘿
嘿
碰
呃
口香糖
汽水
糖果
哇
啊
啊
咚——鏘
看店的老婆婆在四處佈下陷阱，讓人無法靠近店裡。
嘎啦 嘎啦 嘎啦……
不如進去看看吧。
你好……
……卓也怎麼不跟著來？
兩個國中生沒問題嗎……
又還沒確定是不是陷阱屋，而且卓也休假，他正為了漫長的保母之路煩惱呢。

……進門要問：「有人在嗎？」知道嗎，小兄弟？
呃啊啊啊——！幹嘛、幹嘛——!?
嘿咻
嘿咻
1cm
歹勢，正在鍛鍊肌肉。
鍛鍊肌肉的……老婆婆，這家店是妳開的嗎？
是啊。
歡迎光臨
咻
唉，人老了不中用。
看起來一點都不像啊……
窸窸窣窣
內人，這什麼？
「炸串」，買來吃吃看吧？
美味炸串30圓
好
咦？
……蓋子打不開。
我看看。
閃—亮
奇怪？
耶？真的打不開……
嗯
咦

婆婆，這個蓋子打不開。
咕嚕咕嚕
你如果全神貫注，應該打得開喔，試試看。
看我的
嚇
呀
對對，那樣可以鍛鍊到手臂的力量。
我不是來練身體的！
換別的吧，這個如何。
丟
喂——————！
驚
已經決定要做的事，不可以中途放棄。
給我努力到打開為止。
好可怕……
二十五分後
呼
呼
累死了
算了……我買這個。我要回家了。
手……好痛……
我要刷卡
什麼？
臭小孩——！
啥
怎麼回事!?
來雜貨店只買一樣東西像話嗎！你看看！餅乾！玩具！抽糖果！那麼多令人心動的商品！盡量買！盡量玩！幼稚一點！
是……

不然，我買這個球好了……
閃球
噗啾
嗯？噗啾？
這、這是什麼鬼啊!?也太黏了吧~
黏到
~不行
對！
只要你練習投個一百次，球自然會離開你的手，加油！
啊！中獎了！
頭獎
婆婆，我中頭獎了！
恭喜你！頭獎的獎品——
叮噹 叮噹
沒錯！
今天大放送！婆婆唸故事給乖寶寶聽喔！
B5版
小紅帽
手超大
小紅帽是個非常可愛的女孩……
野犬
腿開開~
圖畫書？
小紅帽
來，趕快坐好來，準備聽故事囉！
……抱歉，我還是回家好了。

可惡——！！
呃……
連靜靜坐著聽我講故事都辦不到，而且還不管朋友的死活，自己先回家！
我不記得我這樣教過你！
……耶？
教過我……？
咦？
領帶……？
內人，快逃！
我知道這個婆婆的真面目了！快啊！
啥？
球還黏著
吱
嘎
啪
嘰
咖擦
轟隆轟隆
……結果我們也無法以一百元買到任何東西。
而且雜貨店還被我們砸了……
話說回來，是誰假扮老婆婆？
……進雜貨店時就應該注意到。
沢屋雜貨店
「沢」＝「TAKU」。
「TAKU・YA」＝「卓也」，原來如此。
我爬～

國家圖書館出版品預行編目資料

都市冒險王/勇嶺薰 著;西炯子 圖;李慧珍 譯.
-- 初版. -- 臺北市：皇冠, 2010.02- 面；公分. --
(皇冠叢書;第3947種 YA！；030)
譯自：都会のトム&ソーヤ⑤
ISBN 978-957-33-2441-6 (第1冊；平裝)
ISBN 978-957-33-2450-8 (第2冊；平裝)
ISBN 978-957-33-2509-3 (第3冊；平裝)
ISBN 978-957-33-2561-1 (第4冊；平裝)
ISBN 978-957-33-2630-4 (第5冊:下；平裝)

861.57　　99001146

皇冠叢書第3947種

YA！030

都市冒險王⑤

——進攻！終極ＲＰＧ(下)

都会のトム＆ソーヤ⑤ INVADE (GE)

作　　者—勇嶺薰
插　　畫—西炯子
譯　　者—李慧珍
發 行 人—平雲
出版發行—皇冠文化出版有限公司
台北市敦化北路120巷50號
電話◎02-27168888
郵撥帳號◎15261516號
皇冠出版社(香港)有限公司
香港上環文咸東街50號寶恒商業中心
23樓2301-3室
電話◎2529-1778　傳真◎2527-0904
出版統籌—盧春旭
責任編輯—許婷婷
版權負責—莊靜君
外文編輯—蔡君平
美術設計—黃惠蘋
行銷企劃—周慧真
印　　務—陳碧瑩
校　　對—鮑秀珍・熊啟萍・許婷婷
著作完成日期—2007年
初版一刷日期—2010年2月

法律顧問—王惠光律師
有著作權・翻印必究
如有破損或裝訂錯誤，請寄回本社更換
讀者服務傳真專線◎02-27150507
電腦編號◎515030
ISBN◎978-957-33-2630-4
Printed in Taiwan
本書特價◎新台幣199元/港幣67元